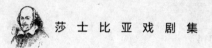

莎士比亚戏剧集

U0623186

第十二夜·特洛伊罗斯与克瑞西达

（英）威廉·莎士比亚 著　朱生豪 译

北方联合出版传媒(集团)股份有限公司
万卷出版公司

Ⓒ （英）威廉·莎士比亚　　2014

图书在版编目（CIP）数据

第十二夜·特洛伊罗斯与克瑞西达 ／（英）莎士比亚
著；朱生豪译. -- 沈阳：万卷出版公司，2014.9
（莎士比亚戏剧集）
ISBN 978-7-5470-3184-1

Ⅰ．①第… Ⅱ．①莎… ②朱… Ⅲ．①剧本—作品集
—英国—中世纪 Ⅳ．①I561.33

中国版本图书馆CIP数据核字(2014)第196461号

第十二夜·特洛伊罗斯与克瑞西达

责任编辑	郝 兰
出 版 者	北方联合出版传媒（集团）股份有限公司
	万卷出版公司
联系电话	024-23284090　　010-57454988
经　　销	各地新华书店发行
印　　刷	北京一鑫印务有限责任公司
版　　次	2014年10月第1版
印　　次	2019年1月第2次印刷
成品尺寸	155mm×220mm
印　　张	14
字　　数	155千字
书　　号	978-7-5470-3184-1
定　　价	27.80元

丛书所有文字插图版式之版权归出版者所有　任何翻印必追究法律责任
常年法律顾问：徐涌　版权专有　侵权必究　举报电话：024-23284090 010-57262357
如有质量问题，请与印务部联系。联系电话：010-57262361

目　录

第十二夜

剧中人物

奥西诺　伊利里亚公爵

西巴斯辛　薇奥拉之兄

安东尼奥　船长，西巴斯辛之友

另一船长　薇奥拉之友

凡伦丁

丘里奥 〉 公爵侍臣

托比·培尔契爵士　奥丽维娅的叔父

安德鲁·艾古契克爵士

马伏里奥　奥丽维娅的管家

费边

费斯特　小丑 〉 奥丽维娅之仆

奥丽维娅　富有的伯爵小姐

薇奥拉　热恋公爵者

玛利娅　奥丽维娅的侍女

群臣、牧师、水手、警吏、乐工及其他侍从等

地　点

伊利里亚某城及其附近海滨

第一幕

第一场　公爵府中一室

公爵、丘里奥、众臣同上；乐工随侍。

公爵 假如音乐是爱情的食粮，那么奏下去吧；尽量地奏下去，好让爱情因过饱噎塞而死。又奏起这个调子来了！它有一种渐渐消沉下去的节奏。啊！它经过我的耳畔，就像微风吹拂一丛紫罗兰，发出轻柔的声音，一面把花香偷走，一面又把花香分送。够了！别再奏下去了！它现在已经不像原来那样甜蜜了。爱情的精灵呀！你是多么敏感而活泼；虽然你有海一样的容量，可是无论怎样高贵超越的事物，一进了你的范围，便会在顷刻间失去了它的价值。爱情是这样充满了意象，在一切事物中是最富于幻想的。

丘里奥 殿下，您要不要去打猎？

公爵 什么，丘里奥？

丘里奥 去打鹿。

公爵 啊，一点不错，我的心就像是一头鹿。唉！当我第一眼瞧见奥丽维娅的时候，我觉得好像空气给她澄清了。那时我就变成了一头鹿；从此我的情欲像凶暴残酷的猎犬一样，永远追逐着我。

　　　　　　凡伦丁上。

公爵 怎样！她那边有什么消息？

凡伦丁 启禀殿下，他们不让我进去，只从她的侍女嘴里传来了这一个答复：除非再过七个寒暑，就是青天也不能窥见她的全貌；她要像一个尼姑一样，蒙着面幕而行，每天用辛酸的眼泪浇洒她的卧室：这一切都是为着纪念对于一个死去的哥哥的爱，她要把对哥哥的爱永远活生生地保留在她悲伤的记忆里。

公爵 唉！她有这么一颗优美的心，对于她的哥哥也会挚爱到这等地步。假如爱神那枝有力的金箭把她心里一切其他的感情一齐射死；假如只有一个唯一的君王占据着她的心肝头脑——这些尊严的御座，这些珍美的财宝——那时她将要怎样恋爱着啊！

　　给我引道到芬芳的花丛；

　　相思在花荫下格外情浓。（同下。）

第二场 海 滨

薇奥拉、船长及水手等上。

薇奥拉 朋友们，这儿是什么国土？

船长 这儿是伊利里亚，姑娘。

薇奥拉 我在伊利里亚干什么呢？我的哥哥已经到极乐世界里去了。也许他侥幸没有淹死。水手们，你们以为怎样？

船长 您也是侥幸才保全了性命的。

薇奥拉 唉，我的可怜的哥哥！但愿他也侥幸无恙！

船长 不错，姑娘，您可以用侥幸的希望来宽慰您自己。我告诉您，我们的船撞破了之后，您和那几个跟您一同脱险的人紧攀着我们那只给风涛所颠摇的小船，那时我瞧见您的哥哥很有急智地把他自己捆在一根浮在海面的桅樯上，勇敢和希望教给了他这个计策；我见他像阿里翁①骑在海豚背上似的浮沉在波浪之间，直到我的眼睛望不见他。

薇奥拉 你的话使我很高兴，请收下这点钱，聊表谢意。由于我自己脱险，使我抱着他也能够同样脱险的希望；你的话更把我的希望证实了几分。你知道这国土吗？

船长 是的，姑娘，很熟悉；因为我就是在离这儿不到三小时旅程的地方生长的。

薇奥拉 谁统治着这地方？

---

①阿里翁（Arion），希腊诗人和音乐家，传说他在某次乘船自西西里至科林多，途中为水手所害，因跃入海中，为海豚负至岸上，盖深感其音乐之力云。

船长　一位名实相符的高贵的公爵。

薇奥拉　他叫什么名字？

船长　奥西诺。

薇奥拉　奥西诺！我曾经听见我父亲说起过他；那时他还没有娶亲。

船长　现在他还是这样，至少在最近我还不曾听见他娶亲的消息；因为只一个月之前我从这儿出发，那时刚刚有一种新鲜的风传——您知道大人物的一举一动，都会被一般人纷纷议论着的——说他在向美貌的奥丽维娅求爱。

薇奥拉　她是谁呀？

船长　她是一位品德高尚的姑娘；她的父亲是位伯爵，约莫在一年前死去，把她交给他的儿子，她的哥哥照顾，可是他不久又死了。他们说为了对于她哥哥的深切的友爱，她已经发誓不再跟男人们在一起或是见他们的面。

薇奥拉　唉！要是我能够侍候这位小姐，就可以不用在时机没有成熟之前泄露我的身份了。

船长　那很难办到，因为她不肯接纳无论哪一种请求，就是公爵的请求她也是拒绝的。

薇奥拉　船长，你瞧上去是个好人；虽然造物常常用一层美丽的墙来围蔽住内中的污秽，但是我可以相信你的心地跟你的外表一样好。请你替我保守秘密，不要把我的真相泄露出去，我以后会重谢你的；你得帮助我假扮起来，好让我达到我的目的。我要去侍候这位公爵，你可以把我送给他作为一个净了身的传童；也许你会得到些好处的，因为我会唱歌，用各种的音乐向他说话，使他重用我。

以后有什么事以后再说；

我会使计谋，你只须静默。

船长 我便当哑巴，你去做近侍；

倘多话挖去我的眼珠子。

薇奥拉 谢谢你；领着我去吧。（同下。）

第三场　奥丽维娅宅中一室

托比·培尔契爵士及玛利娅上。

托比 我的侄女见什么鬼把她哥哥的死看得那么重？悲哀是要损寿的呢。

玛利娅 真的，托比老爷，您晚上得早点儿回来；您那侄小姐很反对您深夜不归呢。

托比 哼，让她去今天反对、明天反对，尽管反对下去吧。

玛利娅 噢，但是您总得有个分寸，不要太失身份才是。

托比 身份！我这身衣服难道不合身份吗？穿了这种衣服去喝酒，也很有身份的了；还有这双靴子，要是它们不合身份，就叫它们在靴带上吊死了吧。

玛利娅 您这样酗酒会作践了您自己的，我昨天听见小姐说起过；她还说起您有一晚带到这儿来向她求婚的那个傻骑士。

托比 谁？安德鲁·艾古契克爵士吗？

玛利娅 噢，就是他。

托比 他在伊利里亚也算是一表人才了。

玛利娅 那又有什么相干？

托比　哼，他一年有三千块钱收入呢。

玛利娅　噢，可是一年之内就把这些钱全花光了。他是个大傻瓜，而且是个浪子。

托比　呸！你说出这种话来！他会拉低音提琴；他会不看书本讲三四国文字，一个字都不模糊；他有很好的天分。

玛利娅　是的，傻子都是得天独厚的；因为他除了是个傻瓜之外，又是一个惯会惹是招非的家伙；要是他没有懦夫的天分来缓和一下他那喜欢吵架的脾气，有见识的人都以为他就会有棺材睡的。

托比　我举手发誓，这样说他的人，都是一批坏蛋，信口雌黄的东西。他们是谁啊？

玛利娅　他们又说您每夜跟他在一块儿喝酒。

托比　我们都喝酒祝我的侄女健康呢。只要我的喉咙里有食道，伊利里亚有酒，我便要为她举杯祝饮。谁要是不愿为我的侄女举杯祝饮，喝到像抽陀螺似的天旋地转，他就是个不中用的汉子，是个卑鄙小人。嘿，丫头！放正经些！安德鲁·艾古契克爵士来啦。

安德鲁·艾古契克爵士上。

安德鲁　托比·培尔契爵士！您好，托比·培尔契爵士！

托比　亲爱的安德鲁爵士！

安德鲁　您好，美貌的小泼妇！

玛利娅　您好，大人。

托比　寒暄几句，安德鲁爵士，寒暄几句。

安德鲁　您说什么？

托比　这是舍侄女的丫环。

安德鲁　好寒萱姊姊，我希望咱们多多结识。

玛利娅　我的名字是玛丽，大人。

安德鲁　好玛丽·寒萱姊姊，——

托比　你弄错了，骑士；"寒暄几句"就是跑上去向她应酬一下，招呼一下，客套一下，来一下的意思。

安德鲁　嗳哟，当着这些人我可不能跟她打交道。"寒暄"就是这个意思吗？

玛利娅　再见，先生们。

托比　要是你让她这样走了，安德鲁爵士，你以后再不用充汉子了。

安德鲁　要是你这样走了，姑娘，我以后再不用充汉子了。好小姐，你以为你手边是些傻瓜吗？

玛利娅　大人，可是我还不曾跟您握手呢。

安德鲁　那很好办，让我们握手。

玛利娅　好了，大人，思想是无拘无束的。请您把这只手带到卖酒的柜台那里去，让它喝两盅吧。

安德鲁　这怎么讲，好人儿？你在打什么比方？

玛利娅　我是说它怪没劲的。

安德鲁　是啊，我也这样想。不管人家怎么说我蠢，应该好好保养两手的道理我还懂得。可是你说的是什么笑话？

玛利娅　没劲的笑话。

安德鲁　你一肚子都是这种笑话吗？

玛利娅　不错，大人，满手里抓的也都是。得，现在我放开您的手了，我的笑料也都吹了。（下。）

托比　骑士啊！你应该喝杯酒儿。几时我见你这样给人愚弄过？

安德鲁　我想你从来没有见过；除非你见我给酒弄昏了头。有时我觉得我跟一般基督徒和平常人一样笨；可是我是个吃牛肉的老饕，我相信那对于我的聪明很有妨害。

托比　一定一定。

安德鲁　要是我真那样想的话，以后我得戒了。托比爵士，明天我要骑马回家去了。

托比　Pourquoi①，我的亲爱的骑士？

安德鲁　什么叫 Pourquoi？好还是不好？我理该把我花在击剑、跳舞和耍熊上面的工夫学几种外国话的。唉！要是我读了文学多么好！

托比　要是你花些工夫在你的鬈发钳②上头，你就可以有一头很好的头发了。

安德鲁　怎么，那跟我的头发有什么关系？

托比　很明白，因为你瞧你的头发不用些工夫上去是不会鬈曲起来的。

安德鲁　可是我的头发不也已经够好看了吗？

托比　好得很，它披下来的样子就像纺杆上的麻线一样，我希望有哪位奶奶把你夹在大腿里纺它一纺。

安德鲁　真的，我明天要回家去了，托比爵士。你侄女不肯接见我；即使接见我，多半她也不会要我。这儿的公爵也向她求婚呢。

托比　她不要什么公爵不公爵；她不愿嫁给比她身份高、地位高、

---

①法文："为什么"之意。
②原文鬈发钳（tongs）与外国话（tongues）音相近。

年龄高、智慧高的人，我听见她这样发过誓。嘿，老兄，还有希望呢。

安德鲁 我再耽搁一个月。我是世上心思最古怪的人；我有时老是喜欢喝酒跳舞。

托比 这种玩意儿你很擅胜场的吗，骑士？

安德鲁 可以比得过伊利里亚无论哪个不比我高明的人；可是我不愿跟老手比。

托比 你跳舞的本领怎样？

安德鲁 不骗你，我会旱地拔葱。

托比 我会葱炒羊肉。

安德鲁 讲到我的倒跳的本事，简直可以比得上伊利里亚的无论什么人。

托比 为什么你要把这种本领藏匿起来呢？为什么这种天才要覆上一块幕布？难道它们也会沾上灰尘，像大姑娘的画像一样吗？为什么不跳着"加里阿"到教堂里去，跳着"科兰多"一路回家？假如是我的话，我要走步路也是"捷格"舞，撒泡尿也是五步舞呢。你是什么意思？这世界上是应该把才能隐藏起来的吗？照你那双出色的好腿看来，我想它们是在一个跳舞的星光底下生下来的。

安德鲁 啾，我这双腿很有气力，穿了火黄色的袜子倒也十分漂亮。我们喝酒去吧？

托比 除了喝酒，咱们还有什么事好做？咱们的命宫不是金牛星吗？

安德鲁 金牛星！金牛星管的是腰和心。

托比 不，老兄，是腿和股。跳个舞给我看。哈哈！跳得高些！哈哈！好极了！（同下。）

第四场　公爵府中一室

凡伦丁及薇奥拉男装上。

凡伦丁　要是公爵继续这样宠幸你，西萨里奥，你多半就要高升
　　　　起来了；他认识你还只有三天，你就跟他这样熟了。

薇奥拉　看来你不是怕他的心性捉摸不定，就是怕我会玩忽职守，
　　　　所以你才怀疑他会不会继续这样宠幸我。先生，他待人是
　　　　不是有始无终的？

凡伦丁　不，相信我。

薇奥拉　谢谢你。公爵来了。

公爵、丘里奥及侍从等上。

公爵　喂！有谁看见西萨里奥吗？

薇奥拉　在这儿，殿下，听候您的吩咐。

公爵　你们暂时走开些。西萨里奥，你已经知道了一切，我已经
　　　　把我秘密的内心中的书册向你展示过了；因此，好孩子，
　　　　到她那边去，别让他们把你摈之门外，站在她的门口，对
　　　　他们说，你要站到脚底下生了根，直等她把你延见为止。

薇奥拉　殿下，要是她真像人家所说的那样沉浸在悲哀里，她一
　　　　定不会允许我进去的。

公爵　你可以跟他们吵闹，不用顾虑一切礼貌的界限，但一定不
　　　　要毫无结果而归。

薇奥拉　假定我能够和她见面谈话了，殿下，那么又怎样呢？

公爵　噢！那么就向她宣布我的恋爱的热情，把我的一片挚诚说
　　　　给她听，让她吃惊。你表演起我的伤心来一定很出色，你

这样的青年一定比那些面孔板板的使者们更能引起她的注意。

薇奥拉　我想不见得吧，殿下。

公爵　好孩子，相信我的话；因为像你这样的妙龄，还不能算是个成人；狄安娜的嘴唇也不比你的更柔滑而红润；你的娇细的喉咙像处女一样尖锐而清朗；在各方面你都像个女人。我知道你的性格很容易对付这件事情。四五个人陪着他去；要是你们愿意，就全去也好；因为我欢喜孤寂。你倘能成功，那么你主人的财产你也可以有份。

薇奥拉　我愿意尽力去向您的爱人求婚。（旁白）

唉，怨只怨多阻碍的前程！

但我一定要做他的夫人。（各下。）

第五场　奥丽维娅宅中一室

玛利娅及小丑上。

玛利娅　不，你要是不告诉我你到哪里去来，我便把我的嘴唇抿得紧紧的，连一根毛发也钻不进去，不替你说句好话。小姐因为你不在，要吊死你呢。

小丑　让她吊死我吧；好好地吊死的人，在这世上可以不怕敌人。

玛利娅　把你的话解释解释。

小丑　因为他看不见敌人了。

玛利娅　好一句无聊的回答。让我告诉你"不怕敌人"这句话是怎么来的吧。

第十二夜

小丑 怎么来的，玛利娅姑娘？

玛利娅 是从打仗里来的；下回你再撒赖的时候，就可以放开胆子这样说。

小丑 好吧，上帝给聪明与聪明人；至于傻子们呢，那只好靠他们的本事了。

玛利娅 可是你这么久在外边鬼混，小姐一定要把你吊死的，否则把你赶出去，那不是跟把你吊死一样好吗？

小丑 好好地吊死常常可以防止坏的婚姻；至于赶出去，那在夏天倒还没甚要紧。

玛利娅 那么你已经下了决心了吗？

小丑 不，没有；可是我决定了两端。

玛利娅 假如一端断了，一端还连着；假如两端都断了，你的裤子也落下来了。

小丑 妙，真的很妙。好，去你的吧；要是托比老爷戒了酒，你在伊利里亚的雌儿中间也好算是个门当户对的调皮角色了。

玛利娅 闭嘴，你这坏蛋，别胡说了。小姐来啦，你还是好好地想出个推托来。（下。）

小丑 才情呀，请你帮我好好地装一下傻瓜！那些自负才情的人，实际上往往是些傻瓜；我知道我自己没有才情，因此也许可以算做聪明人。昆那拍勒斯①怎么说的？"与其做愚蠢的智人，不如做聪明的愚人。"

奥丽维娅偕马伏里奥上。

————————

①似为杜撰的人名。

小丑　上帝祝福你，小姐！

奥丽维娅　把这傻子撵出去！

小丑　喂，你们没听见吗？把这位小姐撵出去。

奥丽维娅　算了吧！你是个干燥无味的傻子，我不要再看见你了；而且你已经变得不老实起来了。

小丑　我的小姐，这两个毛病用酒和忠告都可以治好。只要给干燥无味的傻子一点酒喝，他就不干燥了。只要劝不老实的人洗心革面，弥补他从前的过失：假如他能够弥补的话，他就不再不老实了；假如他不能弥补，那么叫裁缝把他补一补也就得了。弥补者，弥而补之也：道德的失足无非补上了一块罪恶；罪恶悔改之后，也无非补上了一块道德。假如这种简单的论理可以通得过去，很好；假如通不过去，还有什么办法？当忘八是一件倒霉的事，美人好比鲜花，这都是无可怀疑的。小姐吩咐把傻子撵出去；因此我再说一句，把她撵出去吧。

奥丽维娅　尊驾，我吩咐他们把你撵出去呢。

小丑　这就是大错而特错了！小姐，"戴了和尚帽，不定是和尚"；那就好比是说，我身上虽然穿着愚人的彩衣，可是我并不一定连头脑里也穿着它呀。我的好小姐，准许我证明您是个傻子。

奥丽维娅　你能吗？

小丑　再便当也没有了，我的好小姐。

奥丽维娅　那么证明一下看。

小丑　小姐，我必须把您盘问；我的贤淑的小乖乖，回答我。

奥丽维娅　好吧，先生，为了没有别的消遣，我就等候着你的证明吧。

小丑 我的好小姐，你为什么悲伤？

奥丽维娅 好傻子，为了我哥哥的死。

小丑 小姐，我想他的灵魂是在地狱里。

奥丽维娅 傻子，我知道他的灵魂是在天上。

小丑 这就越显得你的傻了，我的小姐；你哥哥的灵魂既然在天上，为什么要悲伤呢？列位，把这傻子撵出去。

奥丽维娅 马伏里奥，你以为这傻子怎样？是不是更有趣了？

马伏里奥 是的，而且会变得越来越有趣，一直到死。老弱会使聪明减退，可是对于傻子却能使他变得格外傻起来。

小丑 大爷，上帝保佑您快快老弱起来，好让您格外傻得厉害！托比老爷可以发誓说我不是狐狸，可是他不愿跟人家打赌两便士说您不是个傻子。

奥丽维娅 你怎么说，马伏里奥？

马伏里奥 我不懂您小姐怎么会喜欢这种没有头脑的混账东西。前天我看见他给一个像石头一样冥顽不灵的下等的傻子算计了去。您瞧，他已经毫无招架之功了；要是您不笑笑给他一点题目，他便要无话可说。我说，听见这种傻子的话也会那么高兴的聪明人们，都不过是些傻子们的应声虫罢了。

奥丽维娅 啊！你是太自命不凡了，马伏里奥；你缺少一副健全的胃口。你认为是炮弹的，在宽容慷慨、气度汪洋的人看来，不过是鸟箭。傻子有特许放肆的权利，虽然他满口骂人，人家不会见怪于他；君子出言必有分量，虽然他老是指摘人家的错处，也不能算为谩骂。

小丑 麦鸠利赏给你说谎的本领吧，因为你给傻子说了好话！

　　　　　玛利娅重上。

玛利娅 小姐，门口有一位年轻的先生很想见您说话。

奥丽维娅 从奥西诺公爵那儿来的吧？

玛利娅 我不知道，小姐；他是一位漂亮的青年，随从很盛。

奥丽维娅 我家里有谁在跟他周旋呢？

玛利娅 是令亲托比老爷，小姐。

奥丽维娅 你去叫他走开；他满口都是些疯话。不害羞的！（玛利娅下）马伏里奥，你给我去；假若是公爵差来的，说我病了，或是不在家，随你怎样说，把他打发走。（马伏里奥下）你瞧，先生，你的打诨已经陈腐起来，人家不喜欢了。

小丑 我的小姐，你帮我说话就像你的大儿子也会是个傻子一般；愿上帝在他的头颅里塞满脑子吧！瞧你的那位有一副最不中用的头脑的令亲来了。

　　　　　托比·培尔契爵士上。

奥丽维娅 嗳哟，又已经半醉了。叔叔，门口是谁？

托比 一个绅士。

奥丽维娅 一个绅士！什么绅士？

托比 有一个绅士在这儿——这种该死的咸鱼！怎样，蠢货！

小丑 好托比爷爷！

奥丽维娅 叔叔，叔叔，你怎么这么早就昏天黑地了？

托比 声天色地！我打倒声天色地！有一个人在门口。

小丑 是呀，他是谁呢？

托比 让他是魔鬼也好，我不管；我说，我心里耿耿三尺有神明。

第十二夜

好，都是一样。（下。）

奥丽维娅 傻子，醉汉像个什么东西？

小丑 像个溺死鬼，像个傻瓜，又像个疯子。多喝了一口就会把他变成个傻瓜；再喝一口就发了疯；喝了第三口就把他溺死了。

奥丽维娅 你去找个验尸的来吧，让他来验验我的叔叔；因为他已经喝酒喝到了第三个阶段，他已经溺死了。瞧瞧他去。

小丑 他还不过是发疯呢，我的小姐；傻子该去照顾疯子。（下。）

　　　　　马伏里奥重上。

马伏里奥 小姐，那个少年发誓说要见您说话。我对他说您有病；他说他知道，因此要来见您说话。我对他说您睡了；他似乎也早已知道了，因此要来见您说话。还有什么话好对他说呢，小姐？什么拒绝都挡他不了。

奥丽维娅 对他说我不要见他说话。

马伏里奥 这也已经对他说过了；他说，他要像州官衙门前竖着的旗杆那样立在您的门前不去，像凳子脚一样直挺挺地站着，非得见您说话不可。

奥丽维娅 他是怎样一个人？

马伏里奥 呃，就像一个人那么的。

奥丽维娅 可是是什么样子的呢？

马伏里奥 很无礼的样子；不管您愿不愿意，他一定要见您说话。

奥丽维娅 他的相貌怎样？多大年纪？

马伏里奥 说是个大人吧，年纪还太轻；说是个孩子吧，又嫌大些：就像是一颗没有成熟的豆荚，或是一只半生的苹果，又像大人又像小孩，所谓介乎两可之间。他长得很漂亮，说话也很刁钻；看他的样子，似乎有些未脱乳臭。

奥丽维娅　叫他进来。把我的侍女唤来。

马伏里奥　姑娘，小姐叫着你呢。（下。）

玛利娅重上。

奥丽维娅　把我的面纱拿来；来，罩住我的脸。我们要再听一次奥西诺来使的说话。

薇奥拉及侍从等上。

薇奥拉　哪一位是这里府中的贵小姐？

奥丽维娅　有什么话对我说吧；我可以代她答话。你来有什么见教？

薇奥拉　最辉煌的、卓越的、无双的美人！请您指示我这位是不是就是这里府中的小姐，因为我没有见过她。我不大甘心浪掷我的言辞；因为它不但写得非常出色，而且我费了好大的辛苦才把它背熟。两位美人，不要把我取笑；我是个非常敏感的人，一点点轻侮都受不了的。

奥丽维娅　你是从什么地方来的，先生？

薇奥拉　除了我背熟了的以外，我不能说别的话；您那问题是我所不曾预备作答的。温柔的好人儿，好好儿地告诉我您是不是府里的小姐，好让我陈说我的来意。

奥丽维娅　你是个唱戏的吗？

薇奥拉　不，我的深心的人儿；可是我敢当着最有恶意的敌人发誓，我并不是我所扮演的角色。您是这府中的小姐吗？

奥丽维娅　是的，要是我没有篡夺了我自己。

薇奥拉　假如您就是她，那么您的确是篡夺了您自己了；因为您有权力给与别人的，您却没有权力把它藏匿起来。但是这种话跟我来此的使命无关；就要继续着恭维您的言辞，然后告知您我的来意。

奥丽维娅　把重要的话说出来；恭维免了吧。

薇奥拉　唉！我好容易才把它背熟，而且它又是很有诗意的。

奥丽维娅　那么多半是些鬼话，请你留着不用说了吧。我听说你在我门口一味顶撞；让你进来只是为要看看你究竟是个什么人，并不是要听你说话。要是你没有发疯，那么去吧；要是你明白事理，那么说得简单一些：我现在没有那样心思去理会一段没有意思的谈话。

玛利娅　请你动身吧，先生；这儿便是你的路。

薇奥拉　不，好清道夫，我还要在这儿闲荡一会儿呢。亲爱的小姐，请您劝劝您这位"彪形大汉"别那么神气活现。

奥丽维娅　把你的尊意告诉我。

薇奥拉　我是一个使者。

奥丽维娅　你那种礼貌那么可怕，你带来的信息一定是些坏事情。有什么话说出来。

薇奥拉　除了您之外不能让别人听见。我不是来向您宣战，也不是来要求您臣服；我手里握着橄榄枝，我的话里充满了和平，也充满了意义。

奥丽维娅　可是你一开始就不讲礼。你是谁？你要的是什么？

薇奥拉　我的不讲礼是我从你们对我的接待上学来的。我是谁，我要些什么，是个秘密；在您的耳中是神圣，别人听起来就是亵渎。

奥丽维娅　你们都走开吧；我们要听一听这段神圣的话。（玛利娅及侍从等下）现在，先生，请教你的经文？

薇奥拉　最可爱的小姐——

奥丽维娅　倒是一种叫人听了怪舒服的教理，可以大发议论呢。你的经文呢？

薇奥拉　在奥西诺的心头。

奥丽维娅　在他的心头！在他的心头的哪一章？

薇奥拉　照目录上排起来，是他心头的第一章。

奥丽维娅　噢！那我已经读过了，无非是些旁门左道。你没有别的话要说了吗？

薇奥拉　好小姐，让我瞧瞧您的脸。

奥丽维娅　贵主人有什么事要差你来跟我的脸接洽的吗？你现在岔开你的正文了；可是我们不妨拉开幕儿，让你看看这幅图画。（揭除面幕）你瞧，先生，我就是这个样子；它不是画得很好吗？

薇奥拉　要是一切都出于上帝的手，那真是绝妙之笔。

奥丽维娅　它的色彩很耐久，先生，受得起风霜的侵蚀。

薇奥拉　那真是各种色彩精妙地调和而成的美貌；那红红的白白的都是造化亲自用他的可爱的巧手敷上去的。小姐，您是世上最忍心的女人，要是您甘心让这种美埋没在坟墓里，不给世间留下一份副本。

奥丽维娅　啊！先生，我不会那样狠心；我可以列下一张我的美貌的清单，一一开陈清楚，把每一件细目都载在我的遗嘱上，例如：一款，浓淡适中的朱唇两片；一款，灰色的情眼一双，附眼睑；一款，玉颈一围，柔颐一个，等等。你是奉命到这儿来恭维我的吗？

薇奥拉　我明白您是个什么样的人了。您太骄傲了；可是即使您是个魔鬼，您是美貌的。我的主人爱着您；啊！这么一种爱情，即使您是人间的绝色，也应该酬答他的。

奥丽维娅　他怎样爱着我呢？

薇奥拉　用崇拜，大量的眼泪，震响着爱情的呻吟，吞吐着烈火的叹息。

奥丽维娅　你的主人知道我的意思，我不能爱他；虽然我想他品格很高，知道他很尊贵，很有身份，年轻而纯洁，有很好的名声，慷慨，博学，勇敢，长得又体面；可是我总不能爱他，他老早就已经得到我的回音了。

薇奥拉　要是我也像我主人一样热情地爱着您，也是这样的受苦，这样了无生趣地把生命拖延，我不会懂得您的拒绝是什么意思。

奥丽维娅　啊，你预备怎样呢？

薇奥拉　我要在您的门前用柳枝筑成一所小屋，不时到府中访谒我的灵魂；我要吟咏着被冷淡的忠诚的爱情的篇什，不顾夜多么深我要把它们高声歌唱，我要向着回声的山崖呼喊您的名字，使饶舌的风都叫着"奥丽维娅"。啊！您在天地之间将要得不到安静，除非您怜悯了我！

奥丽维娅　你的口才倒是颇堪造就的。你的家世怎样？

薇奥拉　超过于我目前的境遇，但我是个有身份的士人。

奥丽维娅　回到你主人那里去；我不能爱他，叫他不要再差人来了；除非或者你再来见我，告诉我他对于我的答复觉得怎样。再会！多谢你的辛苦；这几个钱赏给你。

薇奥拉　我不是个要钱的信差，小姐，留着您的钱吧；不曾得到报酬的，是我的主人，不是我。但愿爱神使您所爱的人也是心如铁石，好让您的热情也跟我主人的一样遭到轻蔑！再会，忍心的美人！（下。）

奥丽维娅 "你的家世怎样？""超过于我目前的境遇，但我是个有身份的士人。"我可以发誓你一定是的；你的语调，你的脸，你的肢体、动作、精神，各方面都可以证明你的高贵。——别这么性急。且慢！且慢！除非颠倒了主仆的名分。——什么！这么快便染上那种病了？我觉得好像这个少年的美处在悄悄地蹑步进入我的眼中。好，让它去吧。喂！马伏里奥！

马伏里奥重上。

马伏里奥 有，小姐，听候您的吩咐。

奥丽维娅 去追上那个无礼的使者，公爵差来的人，他不管我要不要，硬把这戒指留下；对他说我不要，请他不要向他的主人献功，让他死了心，我跟他没有缘分。要是那少年明天还打这儿走过，我可以告诉他为什么。去吧，马伏里奥。

马伏里奥 是，小姐。（下。）

奥丽维娅 我的行事我自己全不懂，

怎一下子便会把人看中？

一切但凭着命运的吩咐，

谁能够作得了自己的主！（下。）

第二幕

第一场　海滨

安东尼奥及西巴斯辛上。

安东尼奥　您不愿住下去了吗？您也不愿让我陪着您去吗？

西巴斯辛　请您原谅，我不愿。我是个倒霉的人，我的晦气也许要连累了您，所以我要请您离开我，好让我独自担承我的恶运；假如连累到您身上，那是太辜负了您的好意了。

安东尼奥　可是让我知道您的去向吧。

西巴斯辛　不瞒您说，先生，我不能告诉您；因为我所决定的航行不过是无目的的漫游。可是我看您这样有礼，您一定不会强迫我说出我所保守的秘密来；因此按礼该我来向您表白我自己。安东尼奥，您要知道我的名字是西巴斯辛，罗德利哥是我的化名。我的父亲便是梅萨林的西巴斯辛，我知道您一定听见过他的名字。他死后丢下我和一个妹妹，我们两人是在同一个时辰出世的；我多么希望上天也让我们两人在同一个时辰死去！可是您，先生，却来改变我的命运，因为就在您把我从海浪里打救起来之前不久，我的妹妹已经淹死了。

安东尼奥　唉，可惜！

西巴斯辛　先生，虽然人家说她非常像我，许多人都说她是个美貌的姑娘；我虽然不好意思相信这句话，但是至少可以大胆说一句，即使妒嫉她的人也不能不承认她有一颗美好的心。她是已经给海水淹死的了，先生，虽然似乎我要用更多的泪水来淹没对她的记忆。

安东尼奥　先生，请您恕我招待不周。

西巴斯辛　啊，好安东尼奥！我才是多多打扰了您哪！

安东尼奥　要是您看在我的交情分上，不愿叫我痛不欲生的话，请您允许我做您的仆人吧。

西巴斯辛　您已经打救了我的生命，要是您不愿让我抱愧而死，那么请不要提出那样的请求，免得您白白救了我一场。我立刻告辞了！我的心是怪软的，还不曾脱去我母亲的性质，为了一点点理由，我的眼睛里就会露出我的弱点来。我要到奥西诺公爵的宫廷里去；再会了。（下。）

安东尼奥　一切神明护佑着你！我在奥西诺的宫廷里有许多敌人，否则我就会马上到那边去会你——
但无论如何我爱你太深，
履险如夷我定要把你寻。（下。）

第二场　街道

薇奥拉上，马伏里奥随上。

马伏里奥　您不是刚从奥丽维娅伯爵小姐那儿来的吗？

薇奥拉　是的，先生；因为我走得慢，所以现在还不过在这儿。

马伏里奥　先生，这戒指她还给您；您当初还不如自己拿走呢，免得我麻烦。她又说您必须叫您家主人死了心，明白她不要跟他来往。还有，您不用再那么莽撞地到这里来替他说话了，除非来回报一声您家主人已经对她的拒绝表示认可。好，拿去吧。

薇奥拉　她自己拿了我这戒指去的；我不要。

马伏里奥　算了吧，先生，您使性子把它丢给她；她的意思也要我把它照样丢还给您。假如它是值得弯下身子拾起来的话，它就在您的眼前；不然的话，让什么人看见就给什么人拿去吧。（下。）

薇奥拉　我没有留下戒指呀；这位小姐是什么意思？但愿她不要迷恋了我的外貌才好！她把我打量得那么仔细；真的，我觉得她看得我那么出神，连自己讲的什么话儿也顾不到了，那么没头没脑，颠颠倒倒的。一定的，她爱上我啦；情急智生，才差这个无礼的使者来邀请我。不要我主人的戒指！嘿，他并没有把什么戒指送给她呀！我才是她意中的人；真是这样的话——事实上确是这样——那么，可怜的小姐，她真是做梦了！我现在才明白假扮的确不是一桩好事情，魔鬼会乘机大显他的身手。一个又漂亮又靠不住的男人，多么容易占据了女人家柔弱的心！唉！这都是我们生性脆弱的缘故，不是我们自身的错处；因为上天造下我们是哪样的人，我们就是哪样的人。这种事情怎么了结呢？我的主人深深地爱着她；我呢，可怜的小鬼，也是那样恋着他；她呢，认错了人，似乎在思念我。这怎么了呢？因为我是个男人，我没有希望叫我的主人爱上我；因为我是个女人，唉！可怜的奥丽维娅也要白费无数的叹息了！

这纠纷要让时间来理清；

叫我打开这结儿怎么成！（下。）

第三场　奥丽维娅宅中一室

托比·培尔契爵士及安德鲁·艾古契克爵士上。

托比　过来，安德鲁爵士。深夜不睡即是起身得早；"起身早，身体好"，你知道的——

安德鲁　不，老实说，我不知道；我知道的是深夜不睡便是深夜不睡。

托比　一个错误的结论；我听见这种话就像看见一个空酒瓶那么头痛。深夜不睡，过了半夜才睡，那就是到大清早才睡，岂不是睡得很早？我们的生命不是由四大原素组成的吗？

安德鲁　不错，他们是这样说；可是我以为我们的生命不过是吃吃喝喝而已。

托比　你真有学问；那么让我们吃吃喝喝吧。玛利娅，喂！开一瓶酒来！

小丑上。

安德鲁 那个傻子来啦。

小丑 啊，我的心肝们！咱们刚好凑成一幅《三个臭皮匠》。

托比 欢迎，驴子！现在我们来一个轮唱歌吧。

安德鲁 说老实话，这傻子有一副很好的喉咙。我宁愿拿四十个先令去换他这么一条腿和这么一副可爱的声音。真的，你昨夜打诨打的很好，说什么匹格罗格罗密忒斯哪，维比亚人越过了丘勃斯的赤道线哪，真是好得很。我送六便士给你的妍头，收到了没有？

小丑 你的恩典我已经放进了我的口袋；因为马伏里奥的鼻子不是鞭柄，我的小姐有一双玉手，她的跟班们不是开酒馆的。

安德鲁 好极了！嗯，无论如何这要算是最好的打诨了。现在唱个歌吧。

托比 来，给你六便士，唱个歌吧。

安德鲁 我也有六便士给你呢；要是一个骑士大方起来——

小丑 你们要我唱支爱情的歌呢，还是唱支劝人为善的歌？

托比 唱个情歌，唱个情歌。

安德鲁 是的，是的，劝人为善有什么意思。

小丑 （唱）

你到哪儿去，啊我的姑娘？

听呀，那边来了你的情郎，

嘴里吟着抑扬的曲调。

不要再走了，美貌的亲亲；

恋人的相遇终结了行程，

每个聪明人全都知晓。

安德鲁 真好极了!

托比 好，好!

小丑 （唱）

什么是爱情？它不在明天；

欢笑嬉游莫放过了眼前，

将来的事有谁能猜料？

不要蹉跎了大好的年华；

来吻着我吧，你双十娇娃，

转眼青春早化成衰老。

安德鲁 凭良心说话，好一副流利的歌喉!

托比 好一股恶臭的气息!

安德鲁 真的，很甜蜜又很恶臭。

托比 用鼻子听起来，那么恶臭也很动听。可是我们要不要让天空跳起舞来呢？我们要不要唱一支轮唱歌，把夜枭吵醒；那曲调会叫一个织工听了三魂出窍？

安德鲁 要是你爱我，让我们来一下吧；唱轮唱歌我挺拿手啦。

小丑 对啦，大人，有许多狗也会唱得很好。

安德鲁 不错不错。让我们唱《你这坏蛋》吧。

小丑 《闭住你的嘴，你这坏蛋》，是不是这一首，骑士？那么我可不得不叫你做坏蛋啦，骑士。

安德鲁 人家不得不叫我做坏蛋，这也不是第一次。你开头，傻子；第一句是，"闭住你的嘴。"

小丑 要是我闭住我的嘴，我就再也开不了头啦。

安德鲁 说得好，真的。来，唱起来吧。（三人唱轮唱歌。）

玛利娅上。

第十二夜

玛利娅 　你们在这里猫儿叫春似的闹些什么呀！要是小姐没有叫起她的管家马伏里奥来把你们赶出门外去，再不用相信我的话好了。

托比 　小姐是个骗子；我们都是大人物；马伏里奥是拉姆西的佩格姑娘；"我们是三个快活的人"。我不是同宗吗？我不是她的一家人吗？胡说八道，姑娘！

　　　巴比伦有一个人，姑娘，姑娘！

小丑 　要命，这位老爷真会开玩笑。

安德鲁 　噢，他高兴开起玩笑来，开得可是真好，我也一样；不过他的玩笑开得富于风趣，而我的玩笑开得更为自然。

托比 　啊！十二月十二——

玛利娅 　看在上帝的面上，别闹了吧！

　　　　　　　　马伏里奥上。

马伏里奥 　我的爷爷们，你们疯了吗，还是怎么啦？难道你们没有脑子，不懂规矩，全无礼貌，在这种夜深时候还要像一群发酒疯的补锅匠似的乱吵？你们把小姐的屋子当作一间酒馆，好让你们直着喉咙，唱那种鞋匠的歌儿吗？难道你们全不想想这是什么地方，这儿住的是什么人，或者现在是什么时刻了吗？

托比 　老兄，我们的轮唱是严守时刻的。你去上吊吧！

马伏里奥 　托比老爷，莫怪我说句不怕忌讳的话。小姐吩咐我告诉您说，她虽然把您当个亲戚留住在这儿，可是她不能容忍您那种胡闹。要是您能够循规蹈矩，我们这儿是十分欢迎您的；否则的话，要是您愿意向她告别，她一定会让您走。

托比

　　既然我非去不可，那么再会吧，亲亲！

玛利娅　　别这样，好托比老爷。

小丑

　　他的眼睛显示出他末日将要来临。

马伏里奥　　岂有此理！

托比

　　可是我决不会死亡。

小丑　　托比老爷，您在说谎。

马伏里奥　　真有体统！

托比

　　我要不要叫他滚蛋？

小丑

　　叫他滚蛋又怎样？

托比

　　要不要叫他滚蛋，毫无留贷？

小丑

　　啊！不，不，不，你没有这种胆量。

托比　　唱的不入调吗？先生，你说谎！你不过是一个管家，有什
　　么可以神气的？你以为你自己道德高尚，人家便不能喝酒
　　取乐了吗？

小丑　　是啊，凭圣安起誓，生姜吃下嘴去也总是辣的。

托比　　你说得一点也不错。——去，朋友，用面包屑去擦你的项
　　链吧。开一瓶酒来，玛利娅！

马伏里奥　　玛利娅姑娘，要是你没有把小姐的恩典看作一钱不

第十二夜

值，你可不要帮助他们作这种胡闹；我一定会去告诉她的。（下。）

玛利娅 滚你的吧！

安德鲁 向他挑战，然后失约，愚弄他一下子，倒是个很好的办法，就像人肚子饿了喝酒一样。

托比 好，骑士，我给你写挑战书，或者代你去口头通知他你的愤怒。

玛利娅 亲爱的托比老爷，今夜请忍耐一下子吧；今天公爵那边来的少年会见了小姐之后，她心里很烦。至于马伏里奥先生，我去对付他好了；要是我不把他愚弄得给人当作笑柄，让大家取乐儿，我便是个连直挺挺躺在床上都不会的蠢东西。我知道我一定能够。

托比 告诉我们，告诉我们；告诉我们一些关于他的事情。

玛利娅 好，老爷，有时候他有点儿像清教徒。

安德鲁 啊！要是我早想到了这一点，我要把他像狗一样打一顿呢。

托比 什么，为了像清教徒吗？你有什么绝妙的理由，亲爱的骑士？

安德鲁 我没有什么绝妙的理由，可是我有相当的理由。

玛利娅 他是个鬼清教徒，反复无常、逢迎取巧是他的本领；一头装腔作势的驴子，背熟了几句官话，便倒也似的倒了出来；自信非凡，以为自己真了不得，谁看见他都会爱他；我可以凭着那个弱点堂堂正正地给他一顿教训。

托比 你打算怎样？

玛利娅 我要在他走过的路上丢了一封暧昧的情书，里面活生生地描写着他的胡须的颜色、他的腿的形状、他走路的姿势、他的眼睛、额角和脸上的表情；他一见就会觉得是写的他自己。我会学您侄小姐的笔迹写字；在已经忘记了的信件上，我们连自己的笔迹也很难辨认呢。

托比 好极了，我嗅到了一个计策了。

安德鲁 我鼻子里也闻到了呢。

托比 他见了你丢下的这封信，便会以为是我的侄女写的，以为她爱上了他。

玛利娅 我的意思正是这样。

安德鲁 你的意思是要叫他变成一头驴子。

玛利娅 驴子，那是毫无疑问的。

安德鲁 啊！那好极了！

玛利娅 出色的把戏，你们瞧着好了；我知道我的药对他一定生效。我可以把你们两人连那傻子安顿在他拾着那信的地方，瞧他怎样把它解释。今夜呢，大家上床睡去，梦着那回事吧。再见。（下。）

托比 晚安，好姑娘！

安德鲁 我说，她是个好丫头。

托比 她是头纯种的小猎犬，很爱我；怎样？

安德鲁 我也曾经给人爱过呢。

托比 我们去睡吧，骑士。你应该叫家里再寄些钱来。

安德鲁 要是我不能得到你的侄女，我就大上其当了。

托比 去要钱吧，骑士；要是你结果终不能得到她，你就叫我傻子。

安德鲁 要是我不去要，就再不要相信我，随你怎么办。

托比 来，来，我去烫些酒来；现在去睡太晚了。来，骑士；来，骑士。（同下。）

第四场 公爵府中一室

公爵、薇奥拉、丘里奥及余人等上。

公爵 给我奏些音乐。早安，朋友们。好西萨里奥，我只要听我
们昨晚听的那支古曲；我觉得它比目前轻音乐中那种轻倩
的乐调和警炼的字句更能慰解我的痴情。来，只唱一节吧。

丘里奥 启禀殿下，会唱这歌儿的人不在这儿。

公爵 他是谁?

丘里奥 是那个弄人费斯特，殿下；他是奥丽维娅小姐的尊翁所
宠幸的傻子。他就在这儿左近。

公爵 去找他来，现在先把那曲调奏起来吧。（丘里奥下。奏乐）
过来，孩子。要是你有一天和人恋爱了，请在甜蜜的痛苦
中记着我；因为真心的恋人都像我一样，在其他一切情感
上都是轻浮易变，但他所爱的人儿的影像，却永远铭刻在
他的心头。你喜不喜欢这个曲调?

薇奥拉 它传出了爱情的宝座上的回声。

公爵 你说得很好。我相信你虽然这样年轻，你的眼睛一定曾经
看中过什么人；是不是，孩子?

薇奥拉 略为有点，请您恕我。

公爵 是个什么样子的女人呢?

薇奥拉 相貌跟您差不多。

公爵 那么她是不配被你爱的。什么年纪呢?

薇奥拉 年纪也跟您差不多，殿下。

公爵 啊，那太老了! 女人应当拣一个比她年纪大些的男人，这
样她才跟他合得拢来，不会失去她丈夫的欢心；因为，孩

子，不论我们怎样自称自赞，我们的爱情总比女人们流动不定些，富于希求，易于反复，更容易消失而生厌。

薇奥拉　这一层我也想到，殿下。

公爵　那么选一个比你年轻一点的姑娘做你的爱人吧，否则你的爱情便不能常青——

女人正像是娇艳的蔷薇，

花开才不久便转眼枯萎。

薇奥拉　是啊，可叹她刹那的光荣，

早枝头零落留不住东风！

　　　　　丘里奥偕小丑重上。

公爵　啊，朋友！来，把我们昨夜听的那支歌儿再唱一遍。好好听着，西萨里奥。那是个古老而平凡的歌儿，是晒着太阳的纺线工人和织布工人以及无忧无虑的制花边的女郎们常唱的；歌里的话儿都是些平常不过的真理，搬弄着纯朴的古代的那种爱情的纯洁。

小丑　您预备好了吗，殿下？

公爵　好，请你唱吧。（奏乐。）

小丑　（唱）

过来吧，过来吧，死神！

让我横陈在凄凉的柏棺①的中央；

飞去吧，飞去吧，浮生！

---

①此处"柏棺"原文为 Cypress，自来注家均肯定应作 Crape（丧礼用之黑色绉纱）解释；按字面解 Cypress 为一种杉柏之属，径译"柏棺"，在语调上似乎更为适当，故仍将错就错，据字臆译。

第十二夜

我被害于一个狠心的美貌姑娘。

为我罩上白色的殓衾铺满紫衫；

没有一个真心的人为我而悲哀。

莫让一朵花儿甜柔，

　　撒上了我那黑色的、黑色的棺材；

没有一个朋友迓候

　　我尸身，不久我的骨骼将会散开。

免得多情的人们千万次的感伤，

请把我埋葬在无从凭吊的荒场。

公爵　这是赏给你的辛苦钱。

小丑　一点不辛苦，殿下；我以唱歌为乐呢。

公爵　那么就算赏给你的快乐钱。

小丑　不错，殿下，快乐总是要付出代价的。

公爵　现在允许我不再见你吧。

小丑　好，忧愁之神保佑着你！但愿裁缝用闪缎给你裁一身衫子，因为你的心就像猫眼石那样闪烁不定。我希望像这种没有恒心的人都航海去，好让他们过着五湖四海，千变万化的生活；因为这样的人总会两手空空地回家。再会。（下。）

公爵　大家都退开去。（丘里奥及侍从等下）西萨里奥，你再给我到那位忍心的女王那边去；对她说，我的爱情是超越世间的，泥污的土地不是我所看重的事物；命运所赐给她的尊荣财富，你对她说，在我的眼中都像命运一样无常；吸引我的灵魂的是她的天赋的灵奇，绝世的仙姿。

薇奥拉　可是假如她不能爱您呢，殿下？

公爵　我不能得到这样的回音。

薇奥拉　可是您不能不得到这样的回音。假如有一位姑娘——也许真有那么一个人——也像您爱着奥丽维娅一样痛苦地爱着您；您不能爱她，您这样告诉她；那么她岂不是必得以这样的答复为满足吗？

公爵　女人的小小的身体一定受不住像爱情强加于我心中的那种激烈的搏跳；女人的心没有这样广大，可以藏得下这许多；她们缺少含忍的能力。唉，她们的爱就像一个人的口味一样，不是从脏腑里，而是从舌尖上感觉到的，过饱了便会食伤呕吐；可是我的爱就像饥饿的大海，能够消化一切。不要把一个女人所能对我发生的爱情跟我对于奥丽维娅的爱情相提并论吧。

薇奥拉　哦，可是我知道——

公爵　你知道什么？

薇奥拉　我知道得很清楚女人对于男人会怀着怎样的爱情；真的，她们是跟我们一样真心的。我的父亲有一个女儿，她爱上了一个男人，正像假如我是个女人也许会爱上了您殿下一样。

公爵　她的历史怎样？

薇奥拉　一片空白而已，殿下。她从来不向人诉说她的爱情，让隐藏在内心中的抑郁像蓓蕾中的蛀虫一样，侵蚀着她的绯红的脸颊；她因相思而憔悴，疾病和忧愁折磨着她，像是墓碑上刻着的"忍耐"的化身，默坐着向悲哀微笑。这不是真的爱情吗？我们男人也许更多话，更会发誓，可是我们所表示的，总多于我们所决心实行的；不论我们怎样山盟海誓，我们的爱情总不过如此。

公爵 但是你的姊姊有没有殉情而死，我的孩子？

薇奥拉 我父亲的女儿只有我一个，儿子也只有我一个——可她有没有殉情我不知道。殿下，我要不要就去见这位小姐？

公爵 对了，这是正事——

快前去，送给她这颗珍珠；

说我的爱情永不会认输。（各下。）

第五场 奥丽维娅的花园

托比·培尔契爵士、安德鲁·艾古契克爵士及费边上。

托比 来吧，费边先生。

费边 噢，我就来；要是我把这场好戏略为错过了一点点儿，让我在懊恼里煎死了吧。

托比 让这个卑鄙龌龊的丑东西出一场丑，你高兴不高兴？

费边 我才要快活死哩！您知道那次我因为耍熊，被他在小姐跟前说我坏话。

托比 我们再把那头熊牵来激他发怒；我们要把他作弄得体无完肤。你说怎样，安德鲁爵士？

安德鲁 要是我们不那么做，那才是终身的憾事呢。

托比 小坏东西来了。

玛利娅上。

托比 啊，我的小宝贝！

玛利娅　你们三人都躲到黄杨树后面去。马伏里奥正从这条道上走过来了；他已经在那边太阳光底下对他自己的影子练习了半个钟头仪法。谁要是喜欢笑话，就留心瞧着他吧；我知道这封信一定会叫他变成一个发痴的呆子的。凭着玩笑的名义，躲起来吧！你躺在那边；（丢下一信）这条鲟鱼已经来了，你不去撩撩他的痒处是捉不到手的。（下。）

马伏里奥上。

马伏里奥　不过是运气；一切都是运气。玛利娅曾经对我说过小姐喜欢我；我也曾经听见她自己说过那样的话，说要是她爱上了人的话，一定要选像我这种脾气的人。而且，她待我比待其他的下人显得分外尊敬。这点我应该怎么解释呢？

托比　瞧这个自命不凡的混蛋！

费边　静些！他已经痴心妄想得变成一头出色的火鸡了；瞧他那种蓬起了羽毛高视阔步的样子！

安德鲁　他妈的，我可以把这混蛋痛打一顿！

托比　别闹啦！

马伏里奥　做了马伏里奥伯爵！

托比　啊，混蛋！

安德鲁　给他吃手枪！给他吃手枪！

托比　别闹！别闹！

马伏里奥　这种事情是有前例可援的；斯特拉契夫人也下嫁给家臣。

安德鲁　该死，这畜生！

费边　静些！现在他着了魔啦；瞧他越想越得意。

马伏里奥　跟她结婚过了三个月，我坐在我的宝座上——

托比 啊！我要弹一颗石子到他的眼睛里去！

马伏里奥 身上披着绣花的丝绒袍子，召唤我的臣僚过来；那时我刚睡罢午觉，撇下奥丽维娅酣睡未醒——

托比 大火硫磺烧死他！

费边 静些！静些！

马伏里奥 那时我装出一副威严的神气，先目光凛凛地向众人瞟视一周，对他们表示我知道我的地位，他们也必须明白自己的身分；然后吩咐他们去请我的托比老叔过来——

托比 把他铐起来！

费边 别闹！别闹！别闹！好啦！好啦！

马伏里奥 我的七个仆人恭恭敬敬地前去找他。我皱了皱眉头，或者给我的表上了上弦，或者抚弄着我的——什么珠宝之类。托比来了，向我行了个礼——

托比 这家伙可以让他活命吗？

费边 哪怕有几辆马车要把我们的静默拉走，也不要闹吧！

马伏里奥 我这样向他伸出手去，用一副庄严的威势来抑住我的亲昵的笑容——

托比 那时托比不就给了你一个嘴巴子吗？

马伏里奥 说，"托比叔父，我已蒙令侄女不弃下嫁，请您准许我这样说话——"

托比 什么？什么？

马伏里奥 "您必须把喝酒的习惯戒掉。"

托比 他妈的，这狗东西！

费边 嗳，别生气，否则我们的计策就要失败了。

马伏里奥 "而且，您还把您的宝贵的光阴跟一个傻瓜骑士在一块儿浪费——"

安德鲁 说的是我，一定的啦。

马伏里奥 "那个安德鲁爵士——"

安德鲁 我知道是我；因为许多人都管我叫傻瓜。

马伏里奥 （见信）这儿有些什么东西呢？

费边 现在那蠢鸟走近陷阱旁边来了。

托比 啊，静些！但愿能操纵人心意的神灵叫他高声朗读。

马伏里奥 （拾信）嗳哟，这是小姐的手笔！瞧这一钩一弯一横一
直，那不正是她的笔锋吗？没有问题，一定是她写的。

安德鲁 她的一钩一弯一横一直，那是什么意思？

马伏里奥 （读）"给不知名的恋人，至诚的祝福。"完全是她的
口气！对不住，封蜡。且慢！这封口上的钤记不就是她一
直用作封印的鲁克丽丝的肖像吗？一定是我的小姐。可是
那是写给谁的呢？

费边 这叫他心窝儿里都痒起来了。

马伏里奥

知我者天，

我爱为谁？

慎莫多言，

莫令人知。

"莫令人知。"下面还写些什么？又换了句调了！"莫令人
知"：说的也许是你哩，马伏里奥！

托比 嘿，该死，这獾子！

马伏里奥

我可以向我所爱的人发号施令；

但隐秘的衷情如鲁克丽丝之刀，

杀人不见血地把我的深心刲刃：

我的命在 M，O，A，I 的手里飘摇。

费边 无聊的谜语！

托比 我说是个好丫头。

马伏里奥 "我的命在 M，O，A，I 的手里飘摇。"不，让我先想一想，让我想一想，让我想一想。

费边 她给他吃了一服多好的毒药！

托比 瞧那头鹰儿多么饿急似的想一口吞下去！

马伏里奥 "我可以向我所爱的人发号施令。"哦，她可以命令我；我侍候着她，她是我的小姐。这是无论哪个有一点点脑子的人都看得出来的；全然合得拢。可是那结尾一句，那几个字母又是什么意思呢？能不能牵附到我的身上？——慢慢！M，O，A，I——

托比 哎，这应该想个法儿；他弄糊涂了。

费边 即使像一头狐狸那样臊气冲天，这狗子也会闻出味来，汪汪地叫起来的。

马伏里奥 M，马伏里奥；M，嘿，那正是我的名字的第一个字母哩。

费边 我不是说他会想出来的吗？这狗的鼻子在没有味的地方也会闻出味来。

马伏里奥 M——可是这次序不大对；这样一试，反而不成功了。跟着来的应该是个 A 字，可是却是个 O 字。

---

①眼睛原文为 eye，与 I 音相近。

费边　我希望 O 字应该放在结尾的吧？

托比　对了，否则我要揍他一顿，让他喊出个"O！"来。

马伏里奥　A 的背后又跟着个 I。

费边　哼，要是你背后生眼睛①的话，你就知道你眼前并没有什么幸运，你的背后却有倒霉的事跟着呢。

马伏里奥　M，O，A，I；这隐语可跟前面所说的不很合辙；可是稍为把它颠倒一下，也就可以适合我了，因为这几个字母都在我的名字里。且慢！这儿还有散文呢。"要是这封信落到你手里，请你想一想。照我的命运而论，我是在你之上，可是你不用惧怕富贵：有的人是生来的富贵，有的人是挣来的富贵，有的人是送上来的富贵。你的好运已经向你伸出手来，赶快用你的全副精神抱住它。你应该练习一下怎样才合乎你所将要做的那种人的身分，脱去你卑恭的旧习，放出一些活泼的神气来。对亲戚不妨分庭抗礼，对仆人不妨摆摆架子；你嘴里要鼓唇弄舌地谈些国家大事，装出一副矜持的样子。为你叹息的人儿这样吩咐着你。记着谁曾经赞美过你的黄袜子，愿意看见你永远扎着十字交叉的袜带；我对你说，你记着吧。好，只要你自己愿意，你就可以出头了；否则让我见你一生一世做个管家，与众仆为伍，不值得抬举。再会！我是愿意跟你交换地位的，幸运的不幸者。"青天白日也没有这么明白，平原旷野也没有这么显豁。我要摆起架子来，谈起国家大事来；我要叫托比丧气，我要断绝那些鄙贱之交，我要一点不含糊地做起这么一个人来。我没有自己哄骗自己，让想像把我愚弄；因为每一个理由都指点着说，我的小姐爱上了我了。

第十二夜

她最近称赞过我的黄袜子和我的十字交叉的袜带；她就是用这方法表示她爱我，用一种命令的方法叫我打扮成她所喜欢的样式。谢谢我的命星，我好幸福！我要放出高傲的神气来，穿了黄袜子，扎着十字交叉的袜带，立刻就去装束起来。赞美上帝和我的命星！这儿还有附启："你一定想得到我是谁。要是你接受我的爱情，请你用微笑表示你的意思；你的微笑是很好看的。我的好人儿，请你当着我的面前永远微笑着吧。"上帝，我谢谢你！我要微笑；我要作每一件你吩咐我作的事。（下。）

费边 即使波斯王给我一笔几千块钱的恩俸，我也不愿错过这场玩意儿。

托比 这丫头想得出这种主意，我简直可以娶了她。

安德鲁 我也可以娶了她呢。

托比 我不要她什么妆奁，只要再给我想出这么一个笑话来就行了。

安德鲁 我也不要她什么妆奁。

费边 我那位捉蠢鹅的好手来了。

　　　　　　玛利娅重上。

托比 你愿意把你的脚搁在我的头颈上吗？

安德鲁 或者搁在我的头颈上？

托比 要不要我把我的自由作孤注一掷，做你的奴隶？

安德鲁 是的，要不要我也做你的奴隶？

托比 你已经叫他大做其梦，要是那种幻象一离开了他，他一定会发疯的。

玛利娅 可是您老实对我说，他中计了吗？

托比　就像收生婆喝了烧酒一样。

玛利娅　要是你们要看看这场把戏会闹出些什么结果来，请看好他怎样到小姐跟前去：他会穿起了黄袜子，那正是她所讨厌的颜色；还要扎着十字交叉的袜带，那正是她所厌恶的式样；他还要向她微笑，照她现在那样悒郁的心境，她一定会不高兴，管保叫他大受一场没趣。假如你们要看的话，跟我来吧。

托比　好，就是到地狱门口也行，你这好机灵鬼！

安德鲁　我也要去。（同下。）

第三幕

第一场　奥丽维娅的花园

薇奥拉及小丑持手鼓上。

薇奥拉　上帝保佑你和你的音乐，朋友！你是靠着打手鼓过日子的吗？

小丑　不，先生，我靠着教堂过日子。

薇奥拉　你是个教士吗？

小丑　没有的事，先生。我靠着教堂过日子，因为我住在我的家里，而我的家是在教堂附近。

薇奥拉　你也可以说，国王住在叫化窝的附近，因为叫化子住在王宫的附近；教堂筑在你的手鼓旁边，因为你的手鼓放在教堂旁边。

小丑　您说得对，先生。人们一代比一代聪明了！一句话对于一个聪明人就像是一副小山羊皮的手套，一下子就可以翻了转来。

薇奥拉　嗯，那是一定的啦；善于在字面上翻弄花样的，很容易流于轻薄。

小丑　那么，先生，我希望我的妹妹不要有名字。

薇奥拉　为什么呢，朋友？

小丑　先生，她的名字不也是个字吗？在那个字上面翻弄翻弄花样，也许我的妹妹就会轻薄起来。可是文字自从失去自由以后，也就变成很危险的家伙了。

薇奥拉　你说出理由来，朋友？

小丑　不瞒您说，先生，要是我向您说出理由来，那非得用文字不可；可是现在文字变得那么坏，我真不高兴用它们来证明我的理由。

薇奥拉　我敢说你是个快活的家伙，万事都不关心。

小丑　不是的，先生，我所关心的事倒有一点儿；可是凭良心说，先生，我可一点不关心您；如果不关心您就是无所关心的话，先生，我倒希望您也能够化为乌有才好。

薇奥拉　你不是奥丽维娅小姐府中的傻子吗？

小丑　真的不是，先生。奥丽维娅小姐不喜欢傻气；她要嫁了人才会在家里养起傻子来，先生；傻子之于丈夫，犹之乎小鱼之于大鱼，丈夫不过是个大一点的傻子而已。我真的不是她的傻子，我是给她说说笑话的人。

薇奥拉　我最近曾经在奥西诺公爵的地方看见过你。

小丑　先生，傻气就像太阳一样环绕着地球，到处放射它的光辉。要是傻子不常到您主人那里去，如同常在我的小姐那儿一样，那么，先生，我可真是抱歉。我想我也曾经在那边看见过您这聪明人。

薇奥拉 哼，你要在我身上打趣，我可要不睬你了。拿去，这个钱给你。（给他一枚钱币。）

小丑 好，上帝保佑您长起胡子来吧!

薇奥拉 老实告诉你，我倒真为了胡子害相思呢；虽然我不要在自己脸上长起来。小姐在里面吗?

小丑 （指着钱币）先生，您要是再赏我一个钱，凑成两个，不就可以养儿子了吗?

薇奥拉 不错，如果你拿它们去放债取利息。

小丑 先生，我愿意做个弗里吉亚的潘达洛斯，给这个特洛伊罗斯找一个克瑞西达来。①

薇奥拉 我知道了，朋友；你很善于乞讨。

小丑 我希望您不会认为这是非分的乞讨，先生，我要乞讨的不过是个叫化子——克瑞西达后来不是变成个叫化子了吗?小姐就在里面，先生。我可以对他们说明您是从哪儿来的；至于您是谁，您来有什么事，那就不属于我的领域之内了——我应当说"范围"，可是那两个字已经给人用得太熟了。（下。）

薇奥拉 这家伙扮傻子很有点儿聪明。装傻装得好也是要靠才情的：他必须窥伺被他所取笑的人们的心情，了解他们的身

---

①关于特洛伊罗斯（Troilus）与克瑞西达（Cressida）恋爱的故事可参看莎士比亚所著悲剧《特洛伊罗斯与克瑞西达》。潘达洛斯（Pandarus）系克瑞西达之舅，为他们居间撮合者。克瑞西达因生性轻浮，后被人所弃，沦为乞丐。

分，还得看准了时机；然后像窥伺着眼前每一只鸟雀的野鹰一样，每个机会都不放松。这是一种和聪明人的艺术一样艰难的工作：

傻子不妨说几句聪明话，

聪明人说傻话难免笑骂。

　　　　　托比·培尔契爵士、安德鲁·艾古契克爵士同上。

托比　您好，先生。

薇奥拉　您好，爵士。

安德鲁　上帝保佑您，先生。

薇奥拉　上帝保佑您，我是您的仆人。

安德鲁　先生，我希望您是我的仆人；我也是您的仆人。

托比　请您进去吧。舍侄女有请，要是您是来看她的话。

薇奥拉　我来正是要拜见令侄女，爵士；她是我的航行的目标。

托比　请您试试您的腿吧，先生；把它们移动起来。

薇奥拉　我的腿倒是听我使唤，爵士，可是我却听不懂您叫我试试我的腿是什么意思？

托比　我的意思是，先生，请您走，请您进去。

薇奥拉　好，我就移步前进。可是人家已经先来了。

　　　　　奥丽维娅及玛利娅上。

薇奥拉　最卓越最完美的小姐，愿诸天为您散下芬芳的香雾！

安德鲁　那年轻人是一个出色的廷臣。"散下芬芳的香雾"！好得很。

薇奥拉　我的来意，小姐，只能让您自己的玉耳眷听。

安德鲁　"香雾"、"玉耳"、"眷听"，我已经学会了三句话了。

奥丽维娅　关上园门，让我们两人谈话。（托比、安德鲁、玛利娅同下）把你的手给我，先生。

薇奥拉　小姐，我愿意奉献我的绵薄之力为您效劳。

奥丽维娅　你叫什么名字？

薇奥拉　您仆人的名字是西萨里奥，美貌的公主。

奥丽维娅　我的仆人，先生！自从假作卑恭认为是一种恭维之
　　　　　后，世界上从此不曾有过乐趣。你是奥西诺公爵的仆人，
　　　　　年轻人。

薇奥拉　他是您的仆人，他的仆人自然也是您的仆人；您的仆人
　　　　　的仆人便是您的仆人，小姐。

奥丽维娅　我不高兴想他；我希望他心里空无所有，不要充满
　　　　　着我。

薇奥拉　小姐，我来是要替他说动您那颗温柔的心。

奥丽维娅　啊！对不起，请你不要再提起他了。可是如果你肯为
　　　　　另外一个人求爱，我愿意听你的请求，胜过于听天乐。

薇奥拉　亲爱的小姐——

奥丽维娅　对不起，让我说句话。上次你到这儿来把我迷醉了之
　　　　　后，我叫人拿了个戒指追你；我欺骗了我自己，欺骗了我
　　　　　的仆人，也许欺骗了你；我用那种无耻的狡狯把你明知道
　　　　　不属于你的东西强纳在你手里，一定会使你看不起我。你
　　　　　会怎样想呢？你不曾把我的名誉拴在桩柱上，让你那残酷
　　　　　的心所想得到的一切思想恣意地把它虐弄吧？像你这样敏
　　　　　慧的人，我已经表示得太露骨了；掩藏着我的心事的，只
　　　　　是一层薄薄的蝉纱。所以，让我听你的意见吧。

薇奥拉　我可怜你。

奥丽维娅　那是到达恋爱的一个阶段。

薇奥拉　不，此路不通，我们对敌人也往往会发生怜悯，这是常有的经验。

奥丽维娅　啊，听了你的话，我倒是又要笑起来了。世界啊！微贱的人多么容易骄傲！要是作了俘虏，那么落于狮子的爪下比之豺狼的吻中要幸运多少啊！（钟鸣）时钟在谴责我把时间浪费。别担心，好孩子，我不会留住你。可是等到才情和青春成熟之后，你的妻子将会收获到一个出色的男人。向西是你的路。

薇奥拉　那么向西开步走！愿小姐称心如意！您没有什么话要我向我的主人说吗，小姐？

奥丽维娅　且慢，请你告诉我你以为我这人怎样？

薇奥拉　我以为你以为你不是你自己。

奥丽维娅　要是我以为这样，我以为你也是这样。

薇奥拉　你猜想得不错，我不是我自己。

奥丽维娅　我希望你是我所希望于你的那种人！

薇奥拉　那是不是比现在的我要好些，小姐？我希望好一些，因为现在我不过是你的弄人。

奥丽维娅　唉！他嘴角的轻蔑和怒气，
　　　　　　冷然的神态可多么美丽！
　　　　　　爱比杀人重罪更难隐藏；
　　　　　　爱的黑夜有中午的阳光。
　　　　　　西萨里奥，凭着春日蔷薇、
　　　　　　贞操、忠信与一切，我爱你
　　　　　　这样真诚，不顾你的骄傲，
　　　　　　理智拦不住热情的宣告。

别以为我这样向你求情，

你就可以无须再献殷勤；

须知求得的爱虽费心力，

不劳而获的更应该珍惜。

薇奥拉　我起誓，凭着天真与青春，

我只有一条心一片忠诚，

没有女人能够把它占有，

只有我是我自己的君后。

别了，小姐，我从此不再

来为我主人向你苦苦陈哀。

奥丽维娅　你不妨再来，也许能感动

我释去憎嫌把感情珍重。（同下。）

第二场　奥丽维娅宅中一室

托比·培尔契爵士，安德鲁·艾古契克爵士及费边上。

安德鲁　不，真的，我再不能住下去了。

托比　为什么呢，恼火的朋友？说出你的理由来。

费边　是啊，安德鲁爵士，您得说出个理由来。

安德鲁　嘿，我见你的侄小姐对待那个公爵的用人比之待我好得
多；我在花园里瞧见的。

托比　她那时也看见你吗，老兄？告诉我。

安德鲁　就像我现在看见你一样明白。

费边　那正是她爱您的一个很好的证据。

安德鲁 啐！你把我当作一头驴子吗？

费边 大人，我可以用判断和推理来证明这句话的不错。

托比 说得好，判断和推理在挪亚①还没有上船以前，已经就当上陪审官了。

费边 她当着您的脸对那个少年表示殷勤，是要叫您发急，唤醒您那打瞌睡的勇气，给您的心里燃起火来，在您的肝脏里加点儿硫磺罢了。您那时就该走上去向她招呼，说几句崭新的俏皮话儿叫那年轻人哑口无言。她盼望您这样，可是您却大意错过了。您放过了这么一个大好的机会，我的小姐自然要冷淡您啦；您目前在她心里的地位就像挂在荷兰人胡须上的冰柱一样，除非您能用勇气或是手段干出一些出色的勾当，才可以挽回过来。

安德鲁 无论如何，我宁愿用勇气；因为我顶讨厌使手段。叫我做个政客，还不如做个布朗派②的教徒。

托比 好啊，那么把你的命运建筑在勇气上吧。给我去向那公爵差来的少年挑战，在他身上戳十来个窟窿，我的侄女一定会注意到。你可以相信，世上没有一个媒人会比一个勇敢的名声更能说动女人的心了。

费边 此外可没有别的办法了，安德鲁大人。

安德鲁 你们谁肯替我向他下战书？

托比 快去用一手虎虎有威的笔法写起来；要干脆简单；不用说

①挪亚（Noah）及其方舟的故事，见《圣经·创世纪》第六章。
②布朗派为英国伊丽莎白时代清教徒布朗（Robert Browne）所创的教派。

俏皮话，只要言之成理，别出心裁就得了。尽你的笔墨所能把他嘲骂；要是你把他"你"啊"你"的"你"了三四次，那不会有错；再把纸上写满了谎，即使你的纸大得足以铺满英国威尔地方的那张大床①。快去写吧。把你的墨水里掺满着怨毒，虽然你用的是一枝鹅毛笔。去吧。

安德鲁　我到什么地方来见你们？

托比　我们会到你房间里来看你；去吧。（安德鲁下。）

费边　这是您的一个宝货，托比老爷。

托比　我倒累他破费过不少呢，孩儿，约莫有两千多块钱的样子。

费边　我们就可以看到他的一封妙信了。可是您不会给他送去的吧？

托比　要是我不送去，你别相信我；我一定要把那年轻人激出一个回音来。我想就是叫牛儿拉着车绳也拉不拢他们两人在一起。你把安德鲁解剖开来，要是能在他肝脏里找得出一滴可以沾湿一只跳蚤的脚的血，我愿意把他那副臭皮囊吃下去。

费边　他那个对头的年轻人，照那副相貌看来，也不像是会下辣手的。

托比　瞧，一窠九只的鹡鸰中顶小的一只来了。

　　　　玛利娅上。

玛利娅　要是你们愿意捧腹大笑，不怕笑到腰酸背痛，那么跟我来吧。那只蠢鹅马伏里奥已经信了邪道，变成一个十足的异教徒了；因为没有一个相信正道而希望得救的基督徒，

———————————
①该床方十一呎，今尚存。

会作出这种丑恶不堪的奇形怪状来的。他穿着黄袜子呢。

托比 袜带是十字交叉的吗？

玛利娅 再难看不过的了，就像个在寺院里开学堂的塾师先生。我像是他的刺客一样紧跟着他。我故意掉下来诱他的那封信上的话，他每一句都听从；他笑容满面，脸上的皱纹比增添了东印度群岛的新地图上的线纹还多。你们从来不曾见过这样一个东西；我真忍不住要向他丢东西过去。我知道小姐一定会打他；要是她打了他，他一定仍然会笑，以为是一件大恩典。

托比 来，带我们去，带我们到他那儿去。（同下。）

第三场　街　道

西巴斯辛及安东尼奥上。

西巴斯辛 我本来不愿意麻烦你，可是你既然这样欢喜自己劳碌，那么我也不再向你多话了。

安东尼奥 我抛不下你；我的愿望比磨过的刀还要锐利地驱迫着我。虽然为了要看见你，再远的路我也会跟着你去；可并不全然为着这个理由：我担心你在这些地方是个陌生人，路上也许会碰到些什么；一路没人领导没有朋友的异乡客，出门总有许多不方便。我的诚心的爱，再加上这样使我忧虑的理由，迫使我来追赶你。

西巴斯辛 我的善良的安东尼奥，除了感谢、感谢、永远的感谢之外，再没别的话好回答你了。一件好事常常只换得一声空口的道谢；可是我的钱财假如能跟我的衷心的感谢一样多，你的好心一定不会得不到重重的酬报。我们干些什么呢？要不要去瞧瞧这城里的古迹？

安东尼奥　明天吧，先生；还是先去找个下处。

西巴斯辛　我并不疲倦，到天黑还有许多时候呢；让我们去瞧瞧这儿的名胜，一饱眼福吧。

安东尼奥　请你原谅我；我在这一带街道上走路是冒着危险的。从前我曾经参加海战，和公爵的舰队作过对；那时我很立了一点功，假如在这儿给捉到了，可不知要怎样抵罪哩。

西巴斯辛　大概你杀死了很多的人吧？

安东尼奥　我的罪名并不是这么一种杀人流血的性质；虽然照那时的情形和争执的激烈看来，很容易有流血的可能。本来把我们夺来的东西还给了他们，就可以和平解决了，我们城里大多数人为了经商，也都这样做了；可是我却不肯屈服；因此，要是我在这儿给捉到了的话，他们决不会轻轻放过我。

西巴斯辛　那么你不要太出来招摇吧。

安东尼奥　那的确不大妥当。先生，这儿是我的钱袋，请你拿着吧。南郊的大象旅店是最好的下宿的地方，我先去定好膳宿；你可以在城里逛着见识见识，再到那边来见我好了。

西巴斯辛　为什么你要把你的钱袋给我？

安东尼奥　也许你会看中什么玩意儿想要买下；我知道你的钱不够买这些非急用的东西，先生。

西巴斯辛　好，我就替你保管你的钱袋；过一个钟头再见吧。

安东尼奥　在大象旅店。

西巴斯辛　我记得。（各下。）

第四场　奥丽维娅的花园

奥丽维娅及玛利娅上。

奥丽维娅　我已经差人去请他了。假如他肯来，我要怎样款待他呢？我要给他些什么呢？因为年轻人常常是买来的，而不是讨来或借来的。我说得太高声了。马伏里奥在哪儿呢？他这人很严肃，懂得规矩，以我目前的处境来说，很配做我的仆人。马伏里奥在什么地方？

玛利娅　他就来了，小姐；可是他的样子古怪得很。他一定给鬼迷了，小姐。

奥丽维娅　啊，怎么啦？他在说胡话吗？

玛利娅　不，小姐；他只是一味笑。他来的时候，小姐，您最好叫人保护着您，因为这人的神经有点不正常呢。

奥丽维娅　去叫他来。（玛利娅下。）

他是痴汉，我也是个疯婆；

他欢喜，我忧愁，一样糊涂。

玛利娅偕马伏里奥重上。

奥丽维娅　怎样，马伏里奥！

马伏里奥　亲爱的小姐，哈哈！

奥丽维娅　你笑吗？我要差你作一件正经事呢，别那么快活。

马伏里奥　不快活，小姐！我当然可以不快活，这种十字交叉的袜带扎得我血脉不通；可是那有什么要紧呢？只要能叫一

　　个人看了欢喜，那就像诗上所说的"一人欢喜，人人欢喜"了。

奥丽维娅　什么，你怎么啦，家伙？究竟是怎么一回事？

马伏里奥　我的腿儿虽然是黄的，我的心儿却不黑。那信已经到了他的手里，命令一定要服从。我想那一手簪花妙楷我们都是认得出来的。

奥丽维娅　你还是睡觉去吧，马伏里奥。

马伏里奥　睡觉去！对了，好人儿；我一定奉陪。

奥丽维娅　上帝保佑你！为什么你这样笑着，还老是吻你的手？

玛利娅　您怎么啦，马伏里奥？

马伏里奥　多承见问！是的，夜莺应该回答乌鸦的问话。

玛利娅　您为什么当着小姐的面前这样放肆？

马伏里奥　"不用惧怕富贵，"写得很好！

奥丽维娅　你说那话是什么意思，马伏里奥？

马伏里奥　"有的人是生来的富贵，"——

奥丽维娅　嘿！

马伏里奥　"有的人是挣来的富贵，"——

奥丽维娅　你说什么？

马伏里奥　"有的人是送上来的富贵。"

奥丽维娅　上天保佑你！

马伏里奥　"记着谁曾经赞美过你的黄袜子，"——

奥丽维娅　你的黄袜子！

马伏里奥　"愿意看见你永远扎着十字交叉的袜带。"

奥丽维娅　扎着十字交叉的袜带！

马伏里奥　"好，只要你自己愿意，你就可以出头了，"——

奥丽维娅 我就可以出头了？

马伏里奥 "否则让我见你一生一世做个管家吧。"

奥丽维娅 嗳哟，这家伙简直中了暑在发疯了。

　　　　　一仆人上。

仆人 小姐，奥西诺公爵的那位青年使者回来了，我好容易才请他回来。他在等候着小姐的意旨。

奥丽维娅 我就去见他。（仆人下）好玛利娅，这家伙要好好看管。我的托比叔父呢？叫几个人加意留心着他；我宁可失掉我嫁妆的一半，也不希望看到他有什么意外。（奥丽维娅、玛利娅下。）

马伏里奥 啊，哈哈！你现在明白了吗？不叫别人，却叫托比爵士来照看我！我正合信上所说的：她有意叫他来，好让我跟他顶撞一下；因为她信里正要我这样。"脱去你卑恭的旧习；"她说，"对亲戚不妨分庭抗礼，对仆人不妨摆摆架子；你嘴里要鼓唇弄舌地谈些国家大事，装出一副矜持的样子；"随后还写着怎样装出一副严肃的面孔、庄重的举止、慢声慢气的说话腔调，学着大人先生的样子，诸如此类。我已经捉到她了；可是那是上帝的功劳，感谢上帝！而且她刚才临去的时候，她说，"这家伙要好好看管；"家伙！不说马伏里奥，也不照我的地位称呼我，而叫我家伙。哈哈，一切都符合，一点儿没有疑惑，一点儿没有阻碍，一点儿没有不放心的地方。还有什么好说呢？什么也不能阻止我达到我的全部的希望。好，干这种事情的是上帝，不是我，感谢上帝！

　　　　玛利娅偕托比·培尔契爵士及费边上。

托比 凭着神圣的名义，他在哪儿？要是地狱里的群鬼都缩小了身子，一起走进他的身体里去，我也要跟他说话。

费边 他在这儿，他在这儿。您怎么啦，大爷？您怎么啦，老兄？

马伏里奥 走开，我用不着你；别搅扰了我的安静。走开！

玛利娅 听，魔鬼在他嘴里说着鬼话了！我不是对您说过吗？托比老爷，小姐请您看顾看顾他。

马伏里奥 啊！啊！她这样说吗？

托比 好了，好了，别闹了吧！我们一定要客客气气对付他；让我一个人来吧。——你好，马伏里奥？你怎么啦？嘿，老兄！抵抗魔鬼呀！你想，他是人类的仇敌呢。

马伏里奥 你知道你在说些什么话吗？

玛利娅 你们瞧！你们一说了魔鬼的坏话，他就生气了。求求上帝，不要让他中了鬼迷才好！

费边 把他的小便送到巫婆那边去吧。

玛利娅 好，明天早晨一定送去。我的小姐舍不得他哩。

马伏里奥 怎么，姑娘！

玛利娅 主啊！

托比 请你别闹，这不是个办法；你不见你惹他生气了吗？让我来对付他。

费边 除了用软功之外，没有别的法子；轻轻地、轻轻地，魔鬼是个粗坯，你要跟他动粗是不行的。

托比 喂，怎么啦，我的好家伙！你好，好人儿？

马伏里奥 爵士！

托比 哦，小鸡，跟我来吧。嘿，老兄！跟魔鬼在一起玩可不对。

该死的黑鬼！

玛利娅　叫他念祈祷，好托比老爷，叫他祈祷。

马伏里奥　念祈祷，小淫妇！

玛利娅　你们听着，跟他讲到关于上帝的话，他就听不进去了。

马伏里奥　你们全给我去上吊吧！你们都是些浅薄无聊的东西；我不是跟你们一样的人。你们就会知道的。（下。）

托比　有这等事吗？

费边　要是这种情形在舞台上表演起来，我一定要批评它捏造得出乎情理之外。

托比　这个计策已经把他迷得神魂颠倒了，老兄。

玛利娅　还是追上他去吧；也许这计策一漏了风，就会毁掉。

费边　噢，我们真的要叫他发起疯来。

玛利娅　那时屋子里可以清静些。

托比　来，我们要把他捆起来关在一间暗室里。我的侄女已经相信他疯了；我们可以这样依计而行，让我们开开心，叫他吃吃苦头。等到我们开腻了这玩笑，再向他发起慈悲来；那时我们宣布我们的计策，把你封做疯人的发现者。可是瞧，瞧！

　　　　　安德鲁·艾古契克爵士上。

费边　又有别的花样来了。

安德鲁　挑战书已经写好在此，你读读看；念上去就像酸醋胡椒的味道呢。

费边　是这样厉害吗？

安德鲁　对了，我向他保证的；你只要读着好了。

托比　给我。（读）"年轻人，不管你是谁，你不过是个下贱的东西。"

费边 好，真勇敢！

托比 "不要吃惊，也不要奇怪为什么我这样称呼你，因为我不愿告诉你是什么理由。"

费边 一句很好的话，这样您就可以不受法律的攻击了。

托比 "你来见奥丽维娅小姐，她当着我的面把你厚待；可是你说谎，那并不是我要向你挑战的理由。"

费边 很简单明白，而且百分之百地——不通。

托比 "我要在你回去的时候埋伏着等候你；要是命该你把我杀死的话——"

费边 很好。

托比 "你便是个坏蛋和恶人。"

费边 您仍旧避过了法律方面的责任，很好。

托比 "再会吧；上帝超度我们两人中一人的灵魂吧！也许他会超度我的灵魂；可是我比你有希望一些，所以你留心着自己吧。你的朋友（这要看你怎样对待他），和你的誓不两立的仇敌，安德鲁·艾古契克上。"——要是这封信不能激动他，那么他的两条腿也不能走动了。我去送给他。

玛利娅 您有很凑巧的机会；他现在正在跟小姐谈话，等会儿就要出来了。

托比 去，安德鲁大人，给我在园子角落里等着他，像个衙役似的；一看见他，便拔出剑来；一拔剑，就高声咒骂；一句可怕的咒骂，神气活现地从嘴里厉声发出来，比之真才实艺更能叫人相信他是个了不得的家伙。去吧！

安德鲁 好，骂人的事情我自己会。（下。）

托比 我可不去送这封信。因为照这位青年的举止看来，是个很有资格很有教养的人，否则他的主人不会差他来拉拢我的侄女的。这封信写得那么奇妙不通，一定不会叫这青年害怕；他一定会以为这是一个呆子写的。可是，老兄，我要口头去替他挑战，故意夸张艾古契克的勇气，让这位仁兄相信他是个勇猛暴躁的家伙；我知道他那样年轻一定会害怕起来的。这样他们两人便会彼此害怕，就像眼光能杀人的毒蜥蜴似的，两人一照面，就都呜呼哀哉了。

费边 他和您的侄小姐来了；让我们回避他们，等他告别之后再追上去。

托比 我可以想出几句可怕的挑战话儿来。（托比、费边、玛丽娅下。）

奥丽维娅偕薇奥拉重上。

奥丽维娅 我对一颗石子样的心太多费唇舌了，卤莽地把我的名誉下了赌注。我心里有些埋怨自己的错；可是那是个极其倔强的错，埋怨只能招它一阵讪笑。

薇奥拉 我主人的悲哀也正和您这种痴情的样子相同。

奥丽维娅 拿着，为我的缘故把这玩意儿戴在你身上吧，那上面有我的小像。不要拒绝它，它不会多话讨你厌的。请你明天再过来。你无论向我要什么，只要于我的名誉没有妨碍，我都可以给你。

薇奥拉 我向您要的，只是请您把真心的爱给我的主人。

奥丽维娅 那我已经给了你了，怎么还能凭着我的名誉再给他呢？

薇奥拉 我可以奉还给你。

奥丽维娅 好，明天再来吧。

再见！像你这样一个恶魔，

我甘愿被你向地狱里拖。（下。）

托比·培尔契爵士及费边重上。

托比 先生，上帝保佑你！

薇奥拉 上帝保佑您，爵士！

托比 准备着防御吧。我不知道你作了什么对不起他的事情；可是你那位对头满心怀恨，一股子的杀气在园子尽头等着你呢。拔出你的剑来，赶快预备好；因为你的敌人是个敏捷精明而可怕的人。

薇奥拉 您弄错了，爵士，我相信没人会跟我争吵；我完全不记得我曾经得罪过什么人。

托比 你会知道事情是恰恰相反的，我告诉你；所以要是你看重你的生命的话，留点神吧；因为你的冤家年轻力壮，武艺不凡，火气又那么大。

薇奥拉 请问爵士，他是谁呀？

托比 他是个不靠军功而受封的骑士；可是跟人吵起架来，那简直是个魔鬼：他已经叫三个人的灵魂出壳了。现在他的怒气已经一发而不可收拾，非把人杀死送进坟墓里去决不甘心。他的格言是不管三七二十一，拚个你死我活。

薇奥拉 我要回到府里去请小姐派几个人给我保镖。我不会跟人打架。我听说有些人故意向别人寻事，试验他们的勇气；这个人大概也是这一类的。

托比 不，先生，他的发怒是有充分理由的，因为你得罪了他；所以你还是上去答应他的要求吧。你不能回到屋子里去，除非你在没有跟他交手之前先跟我比个高低。横竖都得冒险，你何必不去会会他呢？所以上去吧，把你的剑赤条条地拔出来；无论如何你非得动手不可，否则以后你再不用带剑了。

薇奥拉　这真是既无礼又古怪。请您帮我一下忙，去问问那骑士我得罪了他什么。那一定是我偶然的疏忽，决不是有意的。

托比　我就去问他。费边先生，你陪着这位先生等我回来。（下。）

薇奥拉　先生，请问您知道这是怎么一回事吗？

费边　我知道那骑士对您很不乐意，抱着拚命的决心；可是详细的情形却不知道。

薇奥拉　请您告诉我他是个什么样子的人？

费边　照他的外表上看起来，并没有什么惊人的地方；可是您跟他一交手，就知道他的厉害了。他，先生，的确是您在伊利里亚无论哪个地方所碰得到的最有本领、最凶狠、最厉害的敌手。您就过去见他好不好？我愿意替您跟他讲和，要是能够的话。

薇奥拉　那多谢您了。我是个宁愿亲近教士不愿亲近骑士的人；我这副小胆子，即使让别人知道了，我也不在乎。（同下。）

　　　　　　　托比及安德鲁重上。

托比　嘿，老兄，他才是个魔鬼呢；我从来不曾见过这么一个泼货。我跟他连剑带鞘较量了一回，他给我这么致命的一刺，简直无从招架；至于他还起手来，那简直像是你的脚踏在地上一样万无一失。他们说他曾经在波斯王宫里当过剑师。

安德鲁　糟了！我不高兴跟他动手。

托比　好，但是他可不肯甘休呢；费边在那边简直拦不住他。

安德鲁 该死！早知道他有这种本领，我再也不去惹他的。假如他肯放过这回，我情愿把我的灰色马儿送给他。

托比 我去跟他说去。站在这儿，摆出些威势来；这件事情总可以和平了结的。（旁白）你的马儿少不得要让我来骑，你可大大地给我捉弄了。

    费边及薇奥拉重上。

托比 （向费边）我已经叫他把他的马儿送上议和。我已经叫他相信这孩子是个魔鬼。

费边 他也是十分害怕他，吓得心惊肉跳脸色发白，像是一头熊追在背后似的。

托比 （向薇奥拉）没有法子，先生；他因为已经发过了誓，非得跟你决斗一下不可。他已经把这回吵闹考虑过，认为起因的确是微不足道的；所以为了他所发的誓起见，拔出你的剑来吧，他声明他不会伤害你的。

薇奥拉 （旁白）求上帝保佑我！一点点事情就会给他们知道我是不配当男人的。

费边 要是你见他势不可当，就让让他吧。

托比 来，安德鲁爵士，没有办法，这位先生为了他的名誉起见，不得不跟你较量一下，按着决斗的规则，他不能规避这一回事；可是他已经答应我，因为他是个堂堂君子又是个军人，他不会伤害你的。来吧，上去！

安德鲁 求上帝让他不要背誓！（拔剑。）

薇奥拉 相信我，这全然不是出于我的本意。（拔剑。）

    安东尼奥上。

安东尼奥 放下你的剑。要是这位年轻的先生得罪了你，我替他担个不是；要是你得罪了他，我可不肯对你甘休。（拔剑。）

托比　你，朋友！咦，你是谁呀？

安东尼奥　先生，我是他的好朋友；为了他的缘故，无论什么事情说得出的便做得到。

托比　好吧，你既然这样喜欢管人家的闲事，我就奉陪了。（拔剑。）

费边　啊，好托比老爷，住手吧！警官们来了。

托比　过会儿再跟你算账。

薇奥拉　（向安德鲁）先生，请你放下你的剑吧。

安德鲁　好，放下就放下，朋友；我可以向你担保，我的话说过就算数。那匹马你骑起来准很舒服，它也很听话。

　　　　　二警吏上。

警吏甲　就是这个人；执行你的任务吧。

警吏乙　安东尼奥，我奉奥西诺公爵之命来逮捕你。

安东尼奥　你看错人了，朋友。

警吏甲　不，先生，一点没有错。我很认识你的脸，虽然你现在头上不戴着水手的帽子。——把他带走，他知道我认识他的。

安东尼奥　我只好服从。（向薇奥拉）这场祸事都是因为要来寻找你而起；可是没有办法，我必得服罪。现在我不得不向你要回我的钱袋了，你预备怎样？叫我难过的倒不是我自己的遭遇，而是不能给你尽一点力。你吃惊吗？请你宽心吧。

警吏乙　来，朋友，去吧。

安东尼奥　那笔钱我必须向你要几个。

第十二夜

67

薇奥拉　什么钱，先生？为了您在这儿对我的好意相助，又看见
您现在的不幸，我愿意尽我的微弱的力量借给您几个钱；
我是个穷小子，这儿随身带着的钱，可以跟您平分。拿着
吧，这是我一半的家私。

安东尼奥　你现在不认识我了吗？难道我给你的好处不能使你心
动吗？别看着我倒霉好欺侮，要是激起我的性子来，我也
会不顾一切，向你一一数说你的忘恩负义的。

薇奥拉　我一点不知道；您的声音相貌我也完全不认识。我痛恨
人们的忘恩，比之痛恨说谎、虚荣、饶舌、酗酒，或是其
他存在于脆弱的人心中的陷入的恶德还要厉害。

安东尼奥　唉，天哪！

警吏乙　好了，对不起，朋友，走吧。

安东尼奥　让我再说句话，你们瞧这个孩子，他是我从死神的掌
握中夺了来的，我用神圣的爱心照顾着他；我以为他的样
子是个好人，才那样看重着他。

警吏甲　那跟我们有什么相干呢？别耽误了时间，去吧！

安东尼奥　可是唉！这个天神一样的人，原来却是个邪魔外道！
西巴斯辛，你未免太羞辱了你这副好相貌了。

　　心上的瑕疵是真的垢污；

　　无情的人才是残废之徒。

　　善即是美，但美丽的奸恶，

　　是魔鬼雕就文彩的空椟。

警吏甲　这家伙发疯了；带他去吧！来，来，先生。

安东尼奥　带我去吧。（警吏带安东尼奥下。）

薇奥拉　他的话儿句句发自衷肠；

　　　　　他坚持不疑，我意乱心慌。

　　　　　但愿想像的事果真不错，

　　　　　是他把妹妹错认作哥哥！

托比　过来，骑士；过来，费边；让我们悄悄地讲几句聪明话。

薇奥拉　他说起西巴斯辛的名字，

　　　　　我哥哥正是我镜中影子，

　　　　　兄妹俩生就一般的形状，

　　　　　再加上穿扮得一模一样；

　　　　　但愿暴风雨真发了慈心，

　　　　　无情的波浪变作了多情！（下。）

托比　好一个刁滑的卑劣的孩子，比兔子还胆怯！他坐视朋友危急而不顾，还要装做不认识，可见他刁恶的一斑，至于他的胆怯呢，问费边好了。

费边　一个懦夫，一个把怯懦当神灵一样敬奉的懦夫。

安德鲁　他妈的，我要追上去把他揍一顿。

托比　好，把他狠狠地揍一顿，可是别拔出你的剑来。

安德鲁　要是我不——（下。）

费边　来，让我们去瞧去。

托比　我可以赌无论多少钱，到头来不会有什么事发生的。（同下。）

第四幕

第一场　奥丽维娅宅旁街道

西巴斯辛及小丑上。

小丑　你要我相信我不是差来请你的吗？

西巴斯辛　算了吧，算了吧，你是个傻瓜；给我走开去。

小丑　装腔装得真好！是的，我不认识你；我的小姐也不会差我来请你去讲话；你的名字也不是西萨里奥大爷。什么都不是。

西巴斯辛　请你到别处去大放厥辞吧；你又不认识我。

小丑　大放厥辞！他从什么大人物那儿听了这句话，却来用在一个傻瓜身上。大放厥辞！我担心整个痴愚的世界都要装腔作态起来了。请你别那么怯生生的，告诉我应当向我的小姐放些什么"厥辞"。要不要对她说你就来？

西巴斯辛　傻东西，请你走开吧；这儿有钱给你；要是你再不去，我可就要不客气了。

小丑　真的，你倒是很慷慨。这种聪明人把钱给傻子，就像用十四年的收益来买一句好话。

　　　　安德鲁上。

安德鲁　呀，朋友，我又碰见你了吗？吃这一下。（击西巴斯辛。）

西巴斯辛　怎么，给你尝尝这一下，这一下，这一下！（打安德鲁）所有的人们都疯了吗？

　　　　托比及费边上。

托比　停住，朋友，否则我要把你的刀子摔到屋子里去了。

小丑　我就去把这事告诉我的小姐。我不愿凭两便士就代人受过。（下。）

托比　（拉西巴斯辛）算了，朋友，住手吧。

安德鲁　不，让他去吧。我要换一个法儿对付他。要是伊利里亚是有法律的话，我要告他非法殴打的罪；虽然是我先动手，可是那没有关系。

西巴斯辛　放下你的手！

托比　算了吧，朋友，我不能放走你。来，我的青年的勇士，放下你的家伙。你打架已经打够了；来吧。

西巴斯辛　你别想抓住我。（挣脱）现在你要怎样？要是你有胆子的话，拔出你的剑来吧。

托比　什么！什么！那么我倒要让你流几滴莽撞的血呢。（拔剑。）

　　　　奥丽维娅上。

奥丽维娅　住手，托比！我命令你！

托比　小姐！

奥丽维娅 有这等事吗？忘恩的恶人！只配住在从来不懂得礼貌
的山林和洞窟里的。滚开！——别生气，亲爱的西萨里
奥。——莽汉，走开！（托比、安德鲁、费边同下）好朋
友，你是个有见识的人，这回的惊扰实在太失礼、太不成
话了，请你不要生气。跟我到舍下去吧；我可以告诉你这
个恶人曾经多少次无缘无故地惹是招非，你听了就可以把
这回事情一笑置之了。你一定要去的：

　　别推托！他灵魂该受天戮，

　　为你惊起了我心头小鹿。

西巴斯辛 滋味难名，不识其中奥妙；

　　是疯眼昏迷？是梦魂颠倒？

　　愿心魂永远在忘河沉浸；

　　有这般好梦再不须梦醒！

奥丽维娅 请你来吧；你得听我的话。

西巴斯辛 小姐，遵命。

奥丽维娅 但愿这回非假！（同下。）

第二场　奥丽维娅宅中一室

玛利娅及小丑上；马伏里奥在相接的暗室内。

玛利娅 哦，我请你把这件袍子穿上，这把胡须套上，让他
相信你是副牧师托巴斯师傅。快些，我就去叫托比老爷
来。（下。）

小丑 好，我就穿起来，假装一下；我希望我是第一个扮作这种

样子的。我的身材不够高，穿起来不怎么神气；略为胖一点，也不像个用功念书的；可是给人称赞一声是个老实汉子和很好的当家人，也就跟一个用心思的读书人一样好了。——那两个同党的来了。

托比·培尔契爵士及玛利娅上。

托比 上帝祝福你，牧师先生！

小丑 早安，托比大人！目不识丁的布拉格的老隐士曾经向高波杜克王的侄女说过这么一句聪明话："是什么，就是什么。"因此，我既是牧师先生，也就是牧师先生；因为"什么"即是"什么"，"是"即是"是"。

托比 走过去，托巴斯师傅。

小丑 呃哼，喂！这监狱里平安呀！

托比 这小子装得很像，好小子。

马伏里奥 （在内）谁在叫？

小丑 副牧师托巴斯师傅来看疯人马伏里奥来了。

马伏里奥 托巴斯师傅，托巴斯师傅，托巴斯好师傅，请您到我小姐那儿去一趟。

小丑 滚你的，胡言乱道的魔鬼！瞧这个人给你缠得这样子！只晓得嚷小姐吗？

托比 说得好，牧师先生。

马伏里奥 （在内）托巴斯师傅，从来不曾有人给人这样冤枉过。托巴斯好师傅，别以为我疯了。他们把我关在这个暗无天日的地方。

小丑 啐，你这不老实的撒旦！我用最客气的称呼叫你，因为我是个最有礼貌的人，即使对于魔鬼也不肯失礼。你说这屋子是黑的吗？

马伏里奥　像地狱一样，托巴斯师傅。

小丑　嘿，它的凸窗像壁垒一样透明，它的向着南北方的顶窗像乌木一样发光呢；你还说看不见吗？

马伏里奥　我没有发疯，托巴斯师傅。我对您说，这屋子是黑的。

小丑　疯子，你错了。我对你说，世间并无黑暗，只有愚昧。埃及人在大雾中辨不清方向，还不及你在愚昧里那样发昏。

马伏里奥　我说，这座屋子简直像愚昧一样黑暗，即使愚昧是像地狱一样黑暗。我说，从来不曾有人给人这样欺侮过。我并不比您更疯；您不妨提出几个合理的问题来问我，试试我疯不疯。

小丑　毕达哥拉斯对于野鸟有什么意见？

马伏里奥　他说我们祖母的灵魂也许曾经在鸟儿的身体里寄住过。

小丑　你对于他的意见觉得怎样？

马伏里奥　我认为灵魂是高贵的，绝对不赞成他的说法。

小丑　再见，你在黑暗里住下去吧。等到你赞成了毕达哥拉斯的说法之后，我才可以承认你的头脑健全。留心别打山鹬，因为也许你要害得你祖母的灵魂流离失所了。再见。

马伏里奥　托巴斯师傅！托巴斯师傅！

托比　我的了不得的托巴斯师傅！

小丑　嘿，我可真是多才多艺呢。

玛利娅　你就是不挂胡须不穿道袍也没有关系；他又看不见你。

托比　你再用你自己的口音去对他说话；怎样的情形再来告诉我。我希望这场恶作剧快快告个段落。要是不妨把他释放，我

看就放了他吧；因为我已经大大地失去了我侄女的欢心，
倘把这玩意儿尽管闹下去，恐怕不大妥当。等会儿到我的
屋子里来吧。（托比、玛利娅下。）

小丑

嗨，罗宾，快活的罗宾哥，

问你的姑娘近况如何。

马伏里奥　傻子！

小丑

不骗你，她心肠有点硬。

马伏里奥　傻子！

小丑

唉，为了什么原因，请问？

马伏里奥　喂，傻子！

小丑

她已经爱上了别人。

——嘿！谁叫我？

马伏里奥　好傻子，谢谢你给我拿一支蜡烛、笔、墨水和纸张来，
以后我不会亏待你的。君子不扯谎，我永远感你的恩。

小丑　马伏里奥大爷吗？

马伏里奥　是的，好傻子。

小丑　唉，大爷，您怎么会发起疯来呢？

马伏里奥　傻子，从来不曾有人给人这样欺侮过。我的头脑跟你
一样清楚呢，傻子。

小丑　跟我一样？那么您真的是疯了，要是您的头脑跟傻子差
不多。

第十二夜

马伏里奥　他们把我当作一件家具看待，把我关在黑暗里，差牧师们——那些蠢驴子！——来看我，千方百计想把我弄昏了头。

小丑　您说话留点神吧；牧师就在这儿呢。——马伏里奥，马伏里奥，上天保佑你明白过来吧！好好地睡睡觉儿，别噜哩噜苏地讲空话。

马伏里奥　托巴斯师傅！

小丑　别跟他说话，好伙计。——谁？我吗，师傅？我可不要跟他说话哩，师傅。上帝和您同在，好托巴斯师傅！——呃，阿门！——好的，师傅，好的。

马伏里奥　傻子，傻子，傻子，我对你说！

小丑　唉，大爷，您耐心吧！您怎么说，师傅？——师傅怪我跟您说话哩。

马伏里奥　好傻子，给我拿一点儿灯火和纸张来。我对你说，我跟伊利里亚无论哪个人一样头脑清楚呢。

小丑　唉，我巴不得这样呢，大爷！

马伏里奥　我可以举手发誓我没有发疯。好傻子，拿墨水、纸和灯火来；我写好之后，你去替我送给小姐。你送了这封信去，一定会到手一笔空前的大赏赐的。

小丑　我愿意帮您的忙。但是老实告诉我，您是不是真的疯了，还是装疯？

马伏里奥　相信我，我没有发疯，我老实告诉你。

小丑　嘿，我可信不过一个疯子的话，除非我能看见他的脑子。我去给您拿蜡烛、纸和墨水。

马伏里奥　傻子，我一定会重重报答你。请你去吧。

小丑

　　大爷我去了，

　　请您不要吵，

　　不多一会的时光，

　　小鬼再来见魔王；

　　手拿木板刀，

　　胸中如火烧，

　　向着魔鬼打哈哈，

　　样子像个疯娃娃：

　　爹爹不要恼，

　　给您剪指爪，

　　再见，我的魔王爷！（下。）

第三场　　奥丽维娅的花园

　　　　西巴斯辛上。

西巴斯辛　这是空气；那是灿烂的太阳；这是她给我的珍珠，我看得见也摸得到：虽然怪事这样包围着我，然而却不是疯狂。那么安东尼奥到哪儿去了呢？我在大象旅店里找不到他；可是他曾经到过那边，据说他到城中各处寻找我去了。现在我很需要他的指教；因为虽然我心里很觉得这也许是出于错误，而并非是一种疯狂的举动，可是这种意外和飞来的好运太有些未之前闻，无可理解了，我简直不敢相信我的眼睛；无论我的理智怎样向我解释，我总觉得不是我疯了便是这位小姐疯了。可是，真是这样的话，她一定不会那样井井有条，神气那么端庄地操持她的家务，指挥她的仆人，料理一切的事情，如同我所看见的那样。其中一定有些蹊跷。她来了。

奥丽维娅及一牧师上。

奥丽维娅　不要怪我太性急。要是你没有坏心肠的话，现在就跟我和这位神父到我家的礼拜堂里去吧；当着他的面前，在那座圣堂的屋顶下，你要向我充分证明你的忠诚，好让我小气的、多疑的心安定下来。他可以保守秘密，直到你愿意宣布出来按照着我的身分的婚礼将在什么时候举行。你说怎样？

西巴斯辛　我愿意跟你们两位前往；
　　　　　　立过的盟誓永没有欺罔。

奥丽维娅　走吧，神父；但愿天公作美，
　　　　　　一片阳光照着我们酣醉！（同下。）

第五幕

第一场　奥丽维娅宅前街道

小丑及费边上。

费边　看在咱们交情的分上，让我瞧一瞧他的信吧。

小丑　好费边先生，允许我一个请求。

费边　尽管说吧。

小丑　别向我要这封信看。

费边　这就是说，把一条狗给了人，要求的代价是，再把那条狗
　　　　要还。

公爵、薇奥拉、丘里奥及侍从等上。

公爵　朋友们，你们是奥丽维娅小姐府中的人吗？

小丑　是的，殿下；我们是附属于她的一两件零星小物。

公爵　我认识你；你好吗，我的好朋友？

小丑　不瞒您说，殿下，我的仇敌使我好些，我的朋友使我坏些。

公爵　恰恰相反，你的朋友使你好些。

小丑　不，殿下，坏些。

公爵　为什么呢？

小丑　呃，殿下，他们称赞我，把我当作驴子一样愚弄；可是我的仇敌却坦白地告诉我说我是一头驴子；因此，殿下，多亏我的仇敌我才能明白我自己，我的朋友却把我欺骗了；因此，结论就像接吻一样，说四声"不"就等于说两声"请"，这样一来，当然是朋友使我坏些，仇敌使我好些了。

公爵　啊，这说得好极了！

小丑　凭良心说，殿下，这一点不好；虽然您愿意做我的朋友。

公爵　我不会使你坏些；这儿是钱。

小丑　倘不是恐怕犯了骗人钱财的罪名，殿下，我倒希望您把它再加一倍。

公爵　啊，你给我出的好主意。

小丑　把您的慷慨的手伸进您的袋里去，殿下；只这一次，不要犹疑吧。

公爵　好吧，我姑且来一次罪上加罪，拿去。

小丑　掷骰子有幺二三；古话说，"一不做，二不休，三回才算数"；跳舞要用三拍子；您只要听圣班纳特教堂的钟声好了，殿下——一，二，三。

公爵　你这回可骗不动我的钱了。要是你愿意去对你小姐说我在这儿要见她说话，同着她到这儿来，那么也许会再唤醒我的慷慨来的。

小丑　好吧，殿下，给您的慷慨唱个安眠歌，等着我回来吧。我去了，殿下；可是我希望您明白我的要钱并不是贪财。好吧，殿下，就照您的话，让您的慷慨打个盹儿，我等一会儿再来叫醒他吧。（下。）

薇奥拉　殿下，这儿来的人就是打救了我的。

安东尼奥及警吏上。

公爵　他那张脸我记得很清楚；可是上次我见他的时候，他脸上涂得黑黑的，就像烽烟里的乌尔冈一样。他是一只吃水量和体积都很小的舰上的舰长，可是却使我们舰队中最好的船只大遭损失，就是心怀嫉恨的、给他打败的人也不得不佩服他。为了什么事？

警吏　启禀殿下，这就是在坎迪地方把"凤凰号"和它的货物劫了去的安东尼奥；也就是在"猛虎号"上把您的侄公子泰特斯削去了腿的那人。我们在这儿的街道上看见他穷极无赖，在跟人家打架，因此抓了来了。

薇奥拉　殿下，他曾经拔刀相助，帮过我忙，可是后来却对我说了一番奇怪的话，似乎发了疯似的。

公爵　好一个海盗！在水上行窃的贼徒！你怎么敢凭着你的愚勇，投身到被你用血肉和巨量的代价结下冤仇的人们的手里呢？

安东尼奥　尊贵的奥西诺，请许我洗刷去您给我的称呼；安东尼奥从来不曾做过海盗或贼徒，虽然我有充分的理由和原因承认我是奥西诺的敌人。一种魔法把我吸引到这儿来。在您身边的那个最没有良心的孩子，是我从汹涌的怒海的吞噬中救了出来的，否则他已经毫无希望了。我给了他生命，又把我的友情无条件地完全给了他；为了他的缘故，纯粹

❀ 81 ❀

出于爱心，我冒着危险出现在这个敌对的城里，见他给人
包围了，就拔剑相助；可是我遭了逮捕，他的狡恶的心肠
因恐我连累他受罪，便假装不认识我，一霎眼就像已经睽
违了二十年似的，甚至于我在半点钟前给他任意使用的我
自己的钱袋，也不肯还给我。

薇奥拉　怎么会有这种事呢？

公爵　他在什么时候到这城里来的？

安东尼奥　今天，殿下；三个月来，我们朝朝夜夜都在一起，不
曾有一分钟分离过。

奥丽维娅及侍从等上。

公爵　这里来的是伯爵小姐，天神降临人世了！——可是你这家
伙，完全在说疯话；这孩子已经待候我三个月了。那种话
等会儿再说吧。把他带到一旁去。

奥丽维娅　殿下有什么下示？除了断难遵命的一件事之外，凡是
奥丽维娅力量所能及的，一定愿意效劳。——西萨里奥，
你失了我的约啦。

薇奥拉　小姐！

公爵　温柔的奥丽维娅！——

奥丽维娅　你怎么说，西萨里奥？——殿下——

薇奥拉　我的主人要跟您说话；地位关系我不能开口。

奥丽维娅　殿下，要是您说的仍旧是那么一套，我可已经听厌了，
就像奏过音乐以后的叫号一样令人不耐。

公爵　仍旧是那么残酷吗？

奥丽维娅　仍旧是那么坚定，殿下。

公爵　什么，坚定得不肯改变一下你的乖僻吗？你这无礼的女

郎！向着你的无情的不仁的祭坛，我的灵魂已经用无比的虔诚吐露出最忠心的献礼。我还有什么办法呢？

奥丽维娅　办法就请殿下自己斟酌吧。

公爵　假如我狠得起那么一条心，为什么我不可以像临死时的埃及大盗①一样，把我所爱的人杀死了呢？蛮性的嫉妒有时也带着几分高贵的气质。但是你听着我吧：既然你漠视我的诚意，我也有些知道谁在你的心中夺去了我的位置，你就继续做你的铁石心肠的暴君吧；可是你所爱着的这个宝贝，我当天发誓我曾经那样宠爱着他，我要把他从你的那双冷酷的眼睛里除去，免得他傲视他的主人。来，孩子，跟我来。我的恶念已经成熟：

我要牺牲我钟爱的羔羊，

白鸽的外貌乌鸦的心肠。（走。）

薇奥拉　我甘心愿受一千次死罪，

只要您的心里得到安慰。（随行。）

奥丽维娅　西萨里奥到哪儿去？

薇奥拉　追随我所爱的人，

我爱他甚于生命和眼睛，

远过于对于妻子的爱情。

愿上天鉴察我一片诚挚，

倘有虚谎我决不辞一死！

奥丽维娅　嗳哟，他厌弃了我！我受了欺骗了！

---

　　①事见赫利俄多洛斯（Heliodorus）所著希腊浪漫故事《埃塞俄比亚人》（Ethiopica）。

薇奥拉 谁把你欺骗？谁给你受气？

奥丽维娅 才不久你难道已经忘记？——请神父来。（一侍从下。）

公爵 （向薇奥拉）去吧！

奥丽维娅 到哪里去，殿下？西萨里奥，我的夫，别去！

公爵 你的夫？

奥丽维娅 是的，我的夫；他能抵赖吗？

公爵 她的夫，嘿？

薇奥拉 不，殿下，我不是。

奥丽维娅 唉！是你的卑怯的恐惧使你否认了自己的身分。不要
害怕，西萨里奥；别放弃了你的地位。你知道你是什么人，
要是承认了出来，你就跟你所害怕的人并肩相埒了。

　　　　　牧师上。

奥丽维娅 啊，欢迎，神父！神父，我请你凭着你的可尊敬的身
份，到这里来宣布你所知道的关于这位少年和我之间不久
以前的事情；虽然我们本来预备保守秘密，但现在不得不
在时机未到之前公布了。

牧师 一个永久相爱的盟约，已经由你们两人握手缔结，用神圣
的吻证明，用戒指的交换确定了。这婚约的一切仪式，都
由我主持作证；照我的表上所指示，距离现在我不过向我
的坟墓走了两小时的行程。

公爵 唉，你这骗人的小畜生！等你年纪一大了起来，你会是个
怎样的人呢？

　　　　　也许你过分早熟的奸诡，

　　　　　反会害你自己身败名毁。

　　　　　别了，你尽管和她论嫁娶；

可留心以后别和我相遇。

薇奥拉　殿下，我要声明——

奥丽维娅　不要发誓；

放大胆些，别亵渎了神衹！

　　　安德鲁·艾古契克爵士头破血流上。

安德鲁　看在上帝的分上，叫个外科医生来吧！立刻去请一个来
　　　瞧瞧托比爵士。

奥丽维娅　什么事？

安德鲁　他把我的头给打破了，托比爵士也给他弄得满头是血。
　　　看在上帝的分上，救救命吧！谁要是给我四十镑钱，我也
　　　宁愿回到家里去。

奥丽维娅　谁干了这种事，安德鲁爵士？

安德鲁　公爵的跟班名叫西萨里奥的。我们把他当作一个屠头，
　　　哪晓得他简直是个魔鬼。

公爵　我的跟班西萨里奥？

安德鲁　他妈的！他就在这儿。你无缘无故敲破我的头！我不过
　　　是给托比爵士怂恿了才动手的。

薇奥拉　你为什么对我说这种话呢？我没有伤害你呀。你自己无
　　　缘无故向我拔剑；可是我对你很客气，并没有伤害你。

安德鲁　假如一颗血淋淋的头可以算得是伤害的话，你已经把我
　　　伤害了；我想你以为满头是血，是算不了一回事的。托比
　　　爵士一跷一拐地来了——

　　　　托比·培尔契爵士由小丑搀扶醉步上。

安德鲁　你等着瞧吧：如果他刚才不是喝醉了，你一定会尝到他
　　　的厉害手段。

公爵　怎么，老兄！你怎么啦？

托比　有什么关系？他把我打坏了，还有什么别的说的？傻瓜，你有没有看见狄克医生，傻瓜？

小丑　喔！他在一个钟头之前喝醉了，托比老爷；他的眼睛在早上八点钟就昏花了。

托比　那么他便是个踱着八字步的混蛋。我顶讨厌酒鬼。

奥丽维娅　把他带走！谁把他们弄成这样子的？

安德鲁　我来扶着您吧，托比爵士；咱们一块儿裹伤口去。

托比　你来扶着我？蠢驴，傻瓜，混蛋，瘦脸的混蛋，笨鹅！

奥丽维娅　招呼他上床去，好好看顾一下他的伤口。（小丑、费边、托比、安德鲁同下。）

　　　　　　西巴斯辛上。

西巴斯辛　小姐，我很抱歉伤了令亲；可是即使他是我的同胞兄弟，为了自卫起见我也只好出此手段。您用那样冷淡的眼光瞧着我，我知道我一定冒犯了您了；原谅我吧，好人，看在不久以前我们彼此立下的盟誓分上。

公爵　一样的面孔，一样的声音，一样的装束，化成了两个身体；一副天然的幻镜，真实和虚妄的对照！

西巴斯辛　安东尼奥！啊，我的亲爱的安东尼奥！自从我不见了你之后，我的时间过得多么痛苦啊！

安东尼奥　你是西巴斯辛吗？

西巴斯辛　难道你不相信是我吗，安东尼奥？

安东尼奥　你怎么会分身呢？把一只苹果切成两半，也不会比这两人更为相像。哪一个是西巴斯辛？

奥丽维娅　真奇怪呀！

西巴斯辛　那边站着的是我吗？我从来不曾有过一个兄弟；我又
　　　　不是一尊无所不在的神明。我只有一个妹妹，但已经被盲
　　　　目的波涛卷去了。对不住，请问你我之间有什么关系？你
　　　　是哪一国人？叫什么名字？谁是你的父母？

薇奥拉　我是梅萨林人。西巴斯辛是我的父亲；我的哥哥也是一
　　　　个像你一样的西巴斯辛，他葬身于海洋中的时候也穿着像
　　　　你一样的衣服。要是灵魂能够照着在生时的形状和服饰出
　　　　现，那么你是来吓我们的。

西巴斯辛　我的确是一个灵魂；可是还没有脱离我的生而具有的
　　　　物质的皮囊。你的一切都能符合，只要你是个女人，我一
　　　　定会让我的眼泪滴在你的脸上，而说，"大大地欢迎，溺
　　　　死了的薇奥拉！"

薇奥拉　我的父亲额角上有一颗黑痣。

西巴斯辛　我的父亲也有。

薇奥拉　他死的时候薇奥拉才十三岁。

西巴斯辛　唉！那记忆还鲜明地留在我的灵魂里。他的确在我妹
　　　　妹刚满十三岁的时候完毕了他人世的任务。

薇奥拉　假如只是我这一身僭妄的男装阻碍了我们彼此的欢欣，
　　　　那么等一切关于地点、时间、遭遇的枝节完全衔接，证明
　　　　我确是薇奥拉之后，再拥抱我吧。我可以叫一个在这城中
　　　　的船长来为我证明，我的女衣便是寄放在他那里的；多亏
　　　　他的帮忙，我才侥幸保全了生命，能够来侍候这位尊贵的
　　　　公爵。此后我便一直奔走于这位小姐和这位贵人之间。

西巴斯辛　（向奥丽维娅）小姐；原来您是弄错了；但那也是心理
　　　　上的自然的倾向。您本来要跟一个女孩子订婚；可是拿我

的生命起誓，您的希望并没有落空。您现在同时是一个女人和一个男人的未婚妻了。

公爵 不要惊骇；他的血统也很高贵。要是这回事情果然是真，看来似乎不是一面骗人的镜子，那么在这番最幸运的覆舟里我也要沾点儿光。（向薇奥拉）孩子，你曾经向我说过一千次决不会像爱我一样爱着一个女人。

薇奥拉 那一切的话我愿意再发誓证明；那一切的誓我都要坚守在心中，就像分隔昼夜的天球中蕴藏着的烈火一样。

公爵 把你的手给我；让我瞧你穿了女人的衣服是怎么样子。

薇奥拉 把我带上岸来的船长那里存放着我的女服；可是他现在跟这儿小姐府上的管家马伏里奥有点讼事，被拘留起来了。

奥丽维娅 一定要他把他放出来。去叫马伏里奥来。——唉。我现在记起来了，他们说，可怜的人，他的神经病很厉害呢。因为我自己在大发其疯，所以把他的疯病完全忘记了。

小丑持信及费边上。

奥丽维娅 他怎样啦，小子？

小丑 启禀小姐，他总算很尽力抵挡着魔鬼。他写了一封信给您。我本该今天早上就给您的；可是疯人的信不比福音，送没送到都没甚关系。

奥丽维娅 拆开来读给我听。

小丑 傻子要念疯子的话了，请你们洗耳恭听。（读）"凭着上帝的名义，小姐——"

奥丽维娅 怎么！你疯了吗？

小丑 不，小姐，我在读疯话呢。您小姐既然要我读这种东西，那么您就得准许我疯声疯气地读。

88

奥丽维娅　请你读得清楚一些。

小丑　我正是在这样作，小姐；可是他的话怎么清楚，我就只能怎么读。所以，我的好公主，请您还是全神贯注，留意倾听吧。

奥丽维娅　（向费边）喂，还是你读吧。

费边　（读）"凭着上帝的名义，小姐，您屈待了我；全世界都要知道这回事。虽然您已经把我幽闭在黑暗里，叫您的醉酒的令叔看管我，可是我的头脑跟您小姐一样清楚呢。您自己骗我打扮成那个样子，您的信还在我手里；我很可以用它来证明我自己的无辜，可是您的脸上却不好看哩。随您把我怎么看待吧。因为冤枉难明，不得不暂时僭越了奴仆的身分，请您原谅。被虐待的马伏里奥上。"

奥丽维娅　这封信是他写的吗？

小丑　是的，小姐。

公爵　这倒不像是个疯子的话哩。

奥丽维娅　去把他放出来，费边；带他到这儿来。（费边下）殿下，等您把这一切再好好考虑一下之后，如果您不嫌弃，肯认我作一个亲戚，而不是妻子，那么同一天将庆祝我们两家的婚礼，地点就在我家，费用也由我来承担。

公爵　小姐，多蒙厚意，敢不领情。（向薇奥拉）你的主人解除了你的职务了。你事主多么勤劳，全然不顾那种职务多么不适于你的娇弱的身分和优雅的教养；你既然一直把我称作主人，从此以后，你便是你主人的主妇了。握着我的手吧。

奥丽维娅　你是我的妹妹了！

　　　　　　　费边偕马伏里奥重上。

公爵　　这便是那个疯子吗？

奥丽维娅　是的，殿下，就是他。——怎样，马伏里奥！

马伏里奥　小姐，您屈待了我，大大地屈待了我！

奥丽维娅　我屈待了你吗，马伏里奥？没有的事。

马伏里奥　小姐，您屈待了我。请您瞧这封信。您能抵赖说那不
　　　　　是您写的吗？您能写几笔跟这不同的字，几句跟这不同的
　　　　　句子吗？您能说这不是您的图章，不是您的大作吗？您可
　　　　　不能否认。好，那么承认了吧；凭着您的贞洁告诉我：为
　　　　　什么您向我表示这种露骨的恩意，吩咐我见您的时候脸带
　　　　　笑容，扎着十字交叉的袜带，穿着黄袜子，对托比大人和
　　　　　底下人要皱眉头？我满心怀着希望，一切服从您，您怎么
　　　　　要把我关起来，禁锢在暗室里，叫牧师来看我，给人当做
　　　　　闻所未闻的大傻瓜愚弄？告诉我为什么？

奥丽维娅　唉！马伏里奥，这不是我写的，虽然我承认很像我的
　　　　　笔迹；但这一定是玛利娅写的。现在我记起来了，第一个
　　　　　告诉我你发疯了的就是她；那时你便一路带笑而来，打扮
　　　　　和动作的样子就跟信里所说的一样。你别恼吧；这场诡计
　　　　　未免太恶作剧，等我们调查明白原因和主谋的人之后，你
　　　　　可以自己兼作原告和审判官来判断这件案子。

费边　　好小姐，听我说，不要让争闹和口角来打断了当前这个使
　　　　　我惊喜交加的好时光。我希望您不会见怪，我坦白地承认
　　　　　是我跟托比老爷因为看不上眼这个马伏里奥的顽固无礼，
　　　　　才想出这个计策来。因为托比老爷央求不过，玛利娅才写
　　　　　了这封信；为了酬劳她，他已经跟她结了婚了。假如把两

方所受到的难堪衡情酌理地判断起来，那么这种恶作剧的戏谑可供一笑，也不必计较了吧。

奥丽维娅　唉，可怜的傻子，他们太把你欺侮了！

小丑　嘿，"有的人是生来的富贵，有的人是挣来的富贵，有的人是送上来的富贵。"这本戏文里我也是一个角色呢，大爷；托巴斯师傅就是我，大爷；但这没有什么相干。"凭着上帝起誓，傻子，我没有疯。"可是您记得吗？"小姐，您为什么要对这么一个没头脑的混蛋发笑？您要是不笑，他就开不了口啦。"六十年风水轮流转，您也遭了报应了。

马伏里奥　我一定要出这一口气，你们这批东西一个都不放过。（下。）

奥丽维娅　他给人欺侮得太不成话了。

公爵　追他回来，跟他讲个和；他还不曾把那船长的事告诉我们哩。等我们知道了以后，假如时辰吉利，我们便可以举行郑重的结合的典礼。贤妹，我们现在还不会离开这儿。西萨里奥，来吧；当你还是一个男人的时候，你便是西萨里奥——

等你换过了别样的衣裙，

你才是奥西诺心上情人。（除小丑外均下。）

　　　　歌

小丑

当初我是个小儿郎，

嗨，呵，一阵雨儿一阵风；

做了傻事毫不思量，

朝朝雨雨呀又风风。

年纪长大啦不学好，

嗨，呵，一阵雨儿一阵风；

闭门羹到处吃个饱，

朝朝雨雨呀又风风。

娶了老婆，唉！要照顾，

嗨，呵，一阵雨儿一阵风；

法螺医不了肚子饿，

朝朝雨雨呀又风风。

一壶老酒往头里灌，

嗨，呵，一阵雨儿一阵风；

掀开了被窝三不管，

朝朝雨雨呀又风风。

开天辟地有几多年，

嗨，呵，一阵雨儿一阵风；

咱们的戏文早完篇，

愿诸君欢喜笑融融！（下。）

特洛伊罗斯与克瑞西达

剧中人物

普里阿摩斯　特洛亚国王

赫克托

特洛伊罗斯

帕里斯　　　　　　　普里阿摩斯之子

得伊福玻斯

赫勒诺斯

玛伽瑞隆　普里阿摩斯的庶子

埃涅阿斯

安忒诺　　　特洛亚将领

卡尔卡斯　特洛亚祭司，投降于希腊

潘达洛斯　克瑞西达的舅父

阿伽门农　希腊主帅

墨涅拉俄斯　阿伽门农之弟

阿喀琉斯

埃阿斯

俄底修斯

涅斯托　　　　　　希腊将领

狄俄墨得斯

帕特洛克罗斯

忒耳西忒斯　丑陋而好谩骂的希腊人

亚历山大　克瑞西达的仆人

特洛伊罗斯的仆人

帕里斯的仆人

狄俄墨得斯的仆人

海伦　墨涅拉俄斯之妻

安德洛玛刻　赫克托之妻

卡珊德拉　普里阿摩斯之女，能预知未来

克瑞西达　卡尔卡斯之女

特洛亚及希腊兵士、侍从等

地　点

特洛亚；特洛亚郊外的希腊营地

特洛伊罗斯与克瑞西达

开场白

  这一场戏的地点是在特洛亚。一群心性高傲的希腊王子，怀着满腔的愤怒，把他们满载着准备一场恶战的武器的船舶会集在雅典港口；六十九个戴着王冠的武士，从雅典海湾浩浩荡荡向弗里吉亚出发；他们立誓荡平特洛亚，因为在特洛亚的坚强的城墙内，墨涅拉俄斯的王妃，失了身的海伦，正在风流的帕里斯怀抱中睡着：这就是引起战衅的原因。他们到了忒涅多斯，从庞大的船舶上搬下了他们的坚甲利兵；这批新上战场未临矢石的希腊人，就在达耳丹平原上扎下他们威武的营寨。普里阿摩斯的城市的六个城门，达耳丹、丁勃里亚、伊里亚斯、契他斯、特洛琴和安蒂诺力第斯，都用重重的铁锁封闭起来，关住了特洛亚的健儿。一边是特洛亚人，一边是希腊人，两方面各自提心吊胆，不知道谁胜谁败；正像我这念开场白的人，又要担心编剧的一枝笔太笨拙，又要担心演戏的嗓子太坏，不知道这本戏究竟演得像个什么样子。在座的诸位观众，我要声明一句，我们并不从这场战争开始的时候演起，却是从中途开始的；后来的种种事实，都尽量在这出戏里表演出来。诸位欢喜它也好，不满意也好，都随诸位的高兴；本来胜败兵家常事，万一我们演得不好，也是不足为奇的呀。

第一幕

第一场　特洛亚。普里阿摩斯王宫门前

特洛伊罗斯披甲胄上，潘达洛斯随上。

特洛伊罗斯　叫我的仆人来，我要把盔甲脱下了。我自己心里正在发生激战，为什么还要到特洛亚的城外去作战呢？让每一个能够主宰自己的心的特洛亚人去上战场吧；唉！特洛伊罗斯的心早就不属于他自己了。

潘达洛斯　您不能把您的精神振作起来吗？

特洛伊罗斯　希腊人又强壮、又有智谋，又凶猛、又勇敢；我却比妇人的眼泪还柔弱，比睡眠还温驯，比无知的蠢汉还痴愚，比夜间的处女还懦怯，比不懂事的婴儿还笨拙。

潘达洛斯　好，我的话也早就说完了；我自己实在不愿再多管什么闲事。一个人要吃面饼，总得先等把麦子磨成了面粉。

特洛伊罗斯　我不是已经等过了吗？

潘达洛斯　嗯，您已经等到麦子磨成了面粉；可是您必须再等面粉放在筛里筛过。

特洛伊罗斯　那我不是也已经等过了吗？

潘达洛斯　嗯，您已经等到面粉放在筛里筛过；可是您必须再等它发起酵来。

特洛伊罗斯　那我也已经等过了。

潘达洛斯　嗯，您已经等它发过酵了；可是以后您还要等面粉搓成了面团，炉子里生起了火，把面饼烘熟；就是烘熟以后，您还要等它凉一凉，免得烫痛了您的嘴唇。

特洛伊罗斯　忍耐的女神也没有遭受过像我所遭受的那么多的苦难的煎熬。我坐在普里阿摩斯的华贵的食桌前，只要一想起美丽的克瑞西达——该死的家伙！"只要一想起"！什么时候她离开过我的脑海呢？

潘达洛斯　嗯，我从来没有看见过她像昨天晚上那样美丽，她比无论哪一个女人都美丽。

特洛伊罗斯　我要告诉你：当我那颗心好像要被叹息劈成两半的时候，为了恐怕被赫克托或是我的父亲觉察，我不得不把这叹息隐藏在笑纹的后面，正像懒洋洋的阳光勉强从阴云密布的天空探出头来一样；可是强作欢娱的忧伤，是和乐极生悲同样使人难堪的。

潘达洛斯　她的头发倘不是比海伦的头发略微黑了点儿——嗯，那也不用说了，她们两个人是不能相比的；可是拿我自己来说，她是我的甥女，我当然不好意思像人家所说的那样过分夸奖她，不过我倒很希望有人听见她昨天的谈话，就像我听见的一样。令姊卡珊德拉的口才固然很好，可是——

特洛伊罗斯　啊，潘达洛斯！我对你说，潘达洛斯——当我告诉你我的希望沉没在什么地方的时候，你不该回答我它们葬身的深渊有多么深。我告诉你，我为了爱克瑞西达都快发疯了；你却回答我她是多么美丽，把她的眼睛、她的头发、她的面庞、她的步态、她的语调，尽量倾注在我心头的伤口上。啊！你口口声声对我说，一切洁白的东西，和她的玉手一比，都会变成墨水一样黝黑，写下它们自己的谴责；比起她柔荑的一握来，天鹅的绒毛是坚硬的，最敏锐的感觉相形之下，也会迟钝得好像农夫的手掌。当我说我爱她的时候，你这样告诉我；你的话并没有说错，可是你不但不替我在爱情所加于我的伤痕上敷抹油膏，反而用刀子加深我的一道道伤痕。

潘达洛斯　我说的不过是真话。

特洛伊罗斯　你的话还没有说到十分。

潘达洛斯　真的，我以后不管了。随她美也好，丑也好，她果然是美的，那是她自己的福气；要是她不美，也只好让她自己去设法补救。

特洛伊罗斯　好潘达洛斯，怎么啦，潘达洛斯！

潘达洛斯　我为你们费了许多的气力，她也怪我，您也怪我；在你们两人中间跑来跑去，今天一趟，明天一趟，也不曾听见一句感谢的话。

特洛伊罗斯　怎么！你生气了吗，潘达洛斯？怎么！生我的气吗？

特洛伊罗斯与克瑞西达

潘达洛斯　因为她是我的亲戚，所以她就比不上海伦美丽；倘使她不是我的亲戚，那么她穿着平日的衣服也像海伦穿着节日的衣服一样美丽。可是那跟我有什么相干呢！即使她是个又黑又丑的人，也不关我的事。

特洛伊罗斯　我说她不美吗？

潘达洛斯　您说她美也好，说她不美也好，我都不管。她是个傻瓜，不跟她父亲去，偏要留在这儿；让她到希腊人那儿去吧，下次我看见她的时候，一定这样对她说。拿我自己来说，那么我以后可再也不管人家的闲事了。

特洛伊罗斯　潘达洛斯——

潘达洛斯　我什么都不管。

特洛伊罗斯　好潘达洛斯——

潘达洛斯　请您别再跟我多说了！言尽于此，我还是让一切照旧的好。（潘达洛斯下。号角声。）

特洛伊罗斯　别吵，你们这些聒耳的喧哗！别吵，粗暴的声音！两方面都是些傻瓜！无怪海伦是美丽的，因为你们每天用鲜血涂染着她的红颜。我不能为了这一个理由去和人家作战；它对于我的剑是一个太贫乏的题目。可是潘达洛斯——老天爷！您怎么这样作弄我！我要向克瑞西达传达我的情愫，只有靠着潘达洛斯的力量；可是求他去说情，他自己就是这么难说话，克瑞西达又是那么凛若冰霜，把一切哀求置之不闻。阿波罗，为了你对达芙妮的爱，告诉我，克瑞西达是什么，潘达洛斯是什么，我们都是些什么；她的眠床就是印度；她睡在上面，是一颗无价的明珠；一道汹涌的波涛隔开在我们的中间；我是个采宝的商人，这个潘达洛斯便是我的不可靠的希望，我的载登彼岸的渡航。

> 号角声。埃涅阿斯上。

埃涅阿斯　啊，特洛伊罗斯王子！您怎么不上战场去？

洛伊罗斯　我不上战场就是因为我不上战场：这是一个娘儿们的答案，因为不上战场就不是男子汉的行为。埃涅阿斯，战场上今天有什么消息？

埃涅阿斯　帕里斯受了伤回来了。

特洛伊罗斯　谁伤了他，埃涅阿斯？

埃涅阿斯　墨涅拉俄斯。

特洛伊罗斯　让帕里斯流血吧；他房了人家的妻子来，就让人家的犄角碰伤了，也只算礼尚往来。（号角声。）

埃涅阿斯　听！今天城外厮杀得多么热闹！

特洛伊罗斯　我倒宁愿在家里安静点儿。可是我们也去凑凑热闹吧；你是不是要到那里去？

埃涅阿斯　我立刻就去。

特洛伊罗斯　好，那么我们一块儿去吧。（同下。）

第二场　同前。街道

> 克瑞西达及亚历山大上。

克瑞西达　走过去的那些人是谁？

亚历山大　赫卡柏王后和海伦。

克瑞西达　她们到什么地方去？

亚历山大　她们是上东塔去的，从塔上可以俯瞰山谷，看到战事的进行。赫克托素来是个很有涵养的人，今天却发了脾气；他骂过他的妻子安德洛玛刻，打过给他造甲胄的人；看来战事吃紧，在太阳升起以前他就披着轻甲，上战场去了；那战地上的每一朵花，都像一个先知似的，在赫克托的愤怒中看到了将要发生的一场血战而凄然堕泪。

克瑞西达　他为什么发怒？

亚历山大　据说是这样的：在希腊军队里有一个特洛亚血统的将领，同赫克托是表兄弟；他们叫他做埃阿斯。

克瑞西达　好，他怎么样？

亚历山大　他们说他是个与众不同的人，而且单独站得住脚的男子汉。

克瑞西达　个个男子都是如此的呀，除非他们喝醉了，病了，或是没有了腿。

亚历山大　这个人，姑娘，从许多野兽身上偷到了它们的特点：他像狮子一样勇敢，熊一样粗蠢，象一样迟钝。造物在他身上放进了太多的怪脾气，以致于把他的勇气揉成了愚蠢，在他的愚蠢之中，却又有几分聪明。每一个人的好处，他都有一点；每一个人的坏处，他也都有一点。他会无缘无故地垂头丧气，也会莫名其妙地兴高采烈。什么事情他都懂得几分，可是什么都是鸡零狗碎的，就像一个害着痛风的布里阿洛斯①，生了许多的手，一点用处都没有；又像一个昏眊的阿耳戈斯②，生了许多的眼睛，瞧不见什么东西。

----

①布里阿洛斯（Briareus），希腊神话中百手的巨人。
②阿耳戈斯（Argus），希腊神话中的百眼怪物。

克瑞西达　可是这个人我听了觉得好笑，怎么会把赫克托激怒了呢？

亚历山大　他们说他昨天和赫克托交战，把赫克托打下马来；赫克托受到这场耻辱，气得饭也吃不下，觉也睡不着。

克瑞西达　谁来啦？

　　　　　　潘达洛斯上。

亚历山大　姑娘，是您的舅父潘达洛斯。

克瑞西达　赫克托是一条好汉。

亚历山大　他在这世上可算是一条好汉，姑娘。

潘达洛斯　你们说些什么？你们说些什么？

克瑞西达　早安，潘达洛斯舅舅。

潘达洛斯　早安，克瑞西达甥女。你们在那儿讲些什么？早安，亚历山大。你好吗，甥女？你什么时候到王宫里去的？

克瑞西达　今天早上，舅舅。

潘达洛斯　我来的时候你们在讲些什么？赫克托在你进宫去的时候已经披上甲出去了吗？海伦还没有起来吗？

克瑞西达　赫克托已经出去了，海伦还没有起来。

潘达洛斯　是这样吗？赫克托起来得倒很早。

克瑞西达　我们刚才就在讲这件事，也说起了他发怒的事情。

潘达洛斯　他在发怒吗？

克瑞西达　这个人说他在发怒。

潘达洛斯　不错，他是在发怒；我也知道他为什么发怒。大家瞧着吧，他今天一定要显一显他的全身本领；还有特洛伊罗斯，他的武艺也不比他差多少哩；大家留意特洛伊罗斯吧，看我的话有没有错。

特洛伊罗斯与克瑞西达

克瑞西达 什么！他也发怒了吗？

潘达洛斯 谁，特洛伊罗斯吗？这两个人比较起来，还是特洛伊罗斯强。

克瑞西达 天哪！这两个人怎么能相比？

潘达洛斯 什么！特洛伊罗斯不能跟赫克托相比吗？你难道有眼不识英雄吗？

克瑞西达 嗯，要是我见过他，我会认识他的。

潘达洛斯 好，我说特洛伊罗斯是特洛伊罗斯。

克瑞西达 那么您的意思跟我一样，因为我相信他一定不是赫克托。

潘达洛斯 赫克托也有不如特洛伊罗斯的地方。

克瑞西达 不错，他们各人有各人的本色；各人都是他自己。

潘达洛斯 他自己！唉，可怜的特洛伊罗斯！我希望他是他自己。

克瑞西达 他正是他自己呀。

潘达洛斯 除非我赤了脚去印度朝拜了回来。

克瑞西达 他该不是赫克托哪。

潘达洛斯 他自己！不，他不是他自己。但愿他是他自己！好，天神在上，时间倘不照顾人，就会摧毁人的。好，特洛伊罗斯，好！我巴不得我的心在她的胸膛里。不，赫克托并不比特洛伊罗斯强。

克瑞西达 对不起。

潘达洛斯 他年纪大了些。

克瑞西达 对不起，对不起。

潘达洛斯 那一个还不曾到他这样的年纪；等到那一个也到了这样的年纪，你就要对他刮目相看了。赫克托今年已经老得有点头脑糊涂了，他没有特洛伊罗斯的聪明。

克瑞西达 他有他自己的聪明，用不着别人的聪明。

潘达洛斯 也没有特洛伊罗斯的才能。

克瑞西达 那也用不着。

潘达洛斯 也没有特洛伊罗斯的漂亮。

克瑞西达 那是和他的威武不相称的；还是他自己的相貌好。

潘达洛斯 甥女，你真是不生眼睛。海伦前天也说过，特洛伊罗斯虽然皮肤黑了点儿——我必须承认他的皮肤是黑了点儿，不过也不算怎么黑——

克瑞西达 不，就是有点儿黑。

潘达洛斯 凭良心说，黑是黑的，可是也不算黑。

克瑞西达 说老实话，真是真的，可是有点儿假。

潘达洛斯 她说他的皮肤的颜色胜过帕里斯。

克瑞西达 啊，帕里斯的皮肤难道血色不足吗？

潘达洛斯 不，他的血色很足。

克瑞西达 那么特洛伊罗斯的血色就嫌太多了：要是她说他的皮肤的颜色胜过帕里斯，那么他的血色一定比帕里斯更旺；一个的血色已经很足，一个却比他更旺，那一定红得像火烧一样，还有什么好看。我倒还是希望海伦的金口恭维特洛伊罗斯长着一个紫铜色的鼻子。

潘达洛斯 我向你发誓，我想海伦爱他胜过帕里斯哩。

克瑞西达 那么她真是一个风流的希腊女人了。

潘达洛斯 是的，我的的确确知道她爱着他。有一天她跑到他的房间里去——你知道他的下巴上一共不过长着三四根胡子——

克瑞西达　不错，一个酒保都可以很快地把他的胡须算出一个总数来。

潘达洛斯　他年纪很轻，可是他的哥哥赫克托能够举起的重量，他也举得起来。

克瑞西达　他这样一个年轻人，居然就已经是举重能手了吗？

潘达洛斯　可是我要向你证明海伦的确爱他：她跑过去用她白嫩的手摸他那分岔的下巴——

克瑞西达　我的天哪！怎么会有分岔的下巴呢？

潘达洛斯　你知道他的脸上有酒涡，他笑起来比弗里吉亚的任何人都好看。

克瑞西达　啊，他笑得很好看。

潘达洛斯　不是吗？

克瑞西达　是，是，就像秋天起了乌云一般。

潘达洛斯　那才怪呢。可是我要向你证明海伦爱着特洛伊罗斯——

克瑞西达　要是您证明有这么一回事，特洛伊罗斯一定不会否认。

潘达洛斯　特洛伊罗斯！嘿，他才不把她放在心上，就像我瞧不起一个坏蛋一样呢。

克瑞西达　要是您喜欢吃坏蛋，就像您喜欢胡说八道一样，那您一定会在蛋壳里找小鸡吃。

潘达洛斯　我一想到她怎样摸弄他的下巴，就忍不住发笑；她的手真是白得出奇，我必须承认——

克瑞西达　这一点是不用上刑罚您也会承认的。

潘达洛斯　她在他的下巴上发现了一根白须。

克瑞西达　唉！可怜的下巴！许多人的肉瘤上都长着比它更多的毛呢。

潘达洛斯 可是大家都笑得不亦乐乎；赫卡柏王后笑得眼珠都打起滚来。

克瑞西达 就像两块磨石似的。

潘达洛斯 卡珊德拉也笑。

克瑞西达 可是她的眼睛底下火烧得不是顶猛；她的眼珠也打滚吗？

潘达洛斯 赫克托也笑。

克瑞西达 他们究竟都在笑些什么？

潘达洛斯 哈哈，他们就是笑海伦在特洛伊罗斯下巴上发现的那根白须。

克瑞西达 倘若那是一根绿须，那么我也要笑起来了。

潘达洛斯 这根胡须还不算好笑，他那俏皮的回答才叫他们笑得透不过气来呢。

克瑞西达 他怎么说？

潘达洛斯 她说，"你的下巴上一共只有五十一根胡须，其中倒有一根是白的。"

克瑞西达 这是她提出的问题。

潘达洛斯 不错，那你可以不用问。他说，"五十一根胡须，一根是白的；这根白须是我的父亲，其余都是他的儿子。""天哪！"她说，"哪一根胡须是我的丈夫帕里斯呢？""出角的那一根，"他说；"拔下来，给他拿去吧。"大家听了都哄然大笑起来，害得海伦怪不好意思的，帕里斯气得满脸通红，别的人一个个哈哈大笑，简直笑得合不拢嘴来。

克瑞西达 说了这许多时候的话，现在您也可以合拢一下嘴了。

潘达洛斯 好，甥女，昨天我对你说起的事情，请你仔细想一想。

克瑞西达 我正在想着呢。

潘达洛斯　我可以发誓说那是真的；他哭起来就像个四月里出世的泪人儿一般。

克瑞西达　那么我就像一棵盼望五月到来的荨麻一样，在他的泪雨之中长了起来。（归营号声。）

潘达洛斯　听！他们从战场上回来了。我们站在这儿高一点的地方，看他们回宫去好不好？好甥女，看一看吧，亲爱的克瑞西达。

克瑞西达　随您的便。

潘达洛斯　这儿，这儿，这儿有一块很好的地方，我们可以看得清清楚楚。他们走过的时候，我可以一个个把他们的名字告诉你，可是你尤其要注意特洛伊罗斯。

克瑞西达　说话轻一点。

　　　　　　埃涅阿斯自台前走过。

潘达洛斯　那是埃涅阿斯；他不是一个好汉吗？我告诉你，他是特洛亚的一朵花。可是留心看特洛伊罗斯；他就要来了。

　　　　　　安忒诺自台前走过。

克瑞西达　那个人是谁？

潘达洛斯　那是安忒诺；我告诉你，他是一个很有机智的人，也是一个很好的男子汉；他在特洛亚是一个顶有见识的人，他的仪表也很不错。特洛伊罗斯什么时候才来呢？特洛伊罗斯来的时候，我一定指给你看；他要是看见我，一定会向我点头招呼的。

克瑞西达　他会向你点头么？

潘达洛斯　你看吧。

克瑞西达　那样的话，你就更成了个颠三倒四的呆子了。

赫克托自台前走过。

潘达洛斯 那是赫克托，你瞧，你瞧，这才是个汉子！愿你胜利，赫克托！甥女，这才是个好汉。啊，勇敢的赫克托！瞧他的神气多么威武！他不是个好汉吗？

克瑞西达 啊！真是个好汉。

潘达洛斯 不是吗？看见了这样的人，真叫人心里高兴。你瞧他盔上有多少刀剑的痕迹！瞧那里，你看见吗？瞧，瞧，这不是说笑话；那一道一道的，好像在说，有本领的，把我挑下来吧！

克瑞西达 那些都是刀剑割破的吗？

潘达洛斯 刀剑？他什么都不怕；即使魔鬼来找他，他也不放在心上。看见了这样的人，真叫人心里高兴。你瞧，那不是帕里斯来了吗？那不是帕里斯来了吗？

帕里斯自台前走过。

潘达洛斯 甥女，你瞧；他不也是个英俊的男子吗？嗳哟，瞧他多神气！谁说他今天受了伤回来？他没有受伤；海伦看见了一定很高兴，哈哈！我希望现在就看见特洛伊罗斯！那么你也就可以看见特洛伊罗斯了。

克瑞西达 那是谁？

赫勒诺斯自台前走过。

潘达洛斯 那是赫勒诺斯。我不知道特洛伊罗斯到什么地方去了。那是赫勒诺斯。我想他今天大概没有出来。那是赫勒诺斯。

克瑞西达 赫勒诺斯会不会打仗，舅舅？

潘达洛斯 赫勒诺斯？不，是，他还能应付两下。我不知道特洛伊罗斯到什么地方去了。听！你不听见人们在喊"特洛伊罗斯"吗？赫勒诺斯是个祭司。

克瑞西达　　那边来的那个鬼鬼祟祟的家伙是谁？

　　　　　　　特洛伊罗斯自台前走过。

潘达洛斯　　什么地方？那儿吗？那是得伊福玻斯。啊，那是特洛
　　　　伊罗斯！甥女，这才是个好汉子！嘿！勇敢的特洛伊罗
　　　　斯！骑士中的魁首！

克瑞西达　　别说啦！不害羞吗？别说啦！

潘达洛斯　　瞧着他，留心瞧着他；啊，勇敢的特洛伊罗斯！甥女，
　　　　好好瞧着他；瞧他的剑上沾着多少血，他盔上的刀伤剑痕
　　　　比赫克托的盔上还要多；瞧他的神气，瞧他走路的姿势！
　　　　啊，可钦佩的少年！他还没有满二十三岁哩。愿你胜利，
　　　　特洛伊罗斯，愿你胜利！要是我有一个姊妹是女神，或是
　　　　有一个女儿是天仙，我也愿意让他自己选一个去。啊，可
　　　　钦佩的男子！帕里斯？嘿！帕里斯比起他来简直泥土不
　　　　如；我可以大胆说一句，海伦要是能够把帕里斯换了特洛
　　　　伊罗斯，就是叫她挖出一颗眼珠来她也心甘情愿。

克瑞西达　　又有许多人来了。

　　　　　　　众兵士自台前走过。

潘达洛斯　　驴子！傻瓜！蠢才！麸皮和糠屑，麸皮和糠屑！大鱼
　　　　大肉以后的稀粥！我可以在特洛伊罗斯的眼面前度过我的
　　　　一生。别瞧啦，别瞧啦；鹰隼已经过去，现在就剩了些乌
　　　　鸦，就剩了些乌鸦了！我宁愿做一个像特洛伊罗斯那样的
　　　　男子，不愿做阿伽门农以及整个的希腊。

克瑞西达　　在希腊人中间有一个阿喀琉斯，他比特洛伊罗斯强得
　　　　多啦。

潘达洛斯　阿喀琉斯！他只好推推车子，扛扛东西，他简直是一匹骆驼。

克瑞西达　好，好。

潘达洛斯　"好，好"！嘿，难道你一点不懂得好坏吗？难道你没有眼睛吗？你不知道怎样才算一个好男子吗？家世、容貌、体格、谈吐、勇气、学问、文雅、品行、青春、慷慨，这些岂不都足以加强一个男子的美德吗？

克瑞西达　是呀，这样简直是以人为脍啦；烤成了一只去骨鸡，那还有什么骨气可言。

潘达洛斯　你在女人中间也正是这样一个角色罗，谁也不知道你采用了一套什么护身符。

克瑞西达　我靠在背上好保卫我的肚子；靠我的聪明好守住我肚子里的玩意儿；靠我守住秘密好保持我的清白；靠我的面罩好卫护我的美貌；我还靠着你来保卫这一切：这就是我的一套护身法宝，招架着四面八方。

潘达洛斯　你且把你所招架的一面一方说来听听。

克瑞西达　嘿，首先就是把你看紧；这是其中最重要的一点。我如果不能抵御对方的袭击，至少可以注意到你的把戏，不让你看出我是怎样接住那横刺的剑头，除非我被击中受伤，那就藏也无从藏起了。

潘达洛斯　你真也算得一个。

特洛伊罗斯侍童上。

侍童　老爷，我的主人请您马上过去，有事相谈。

潘达洛斯　在什么地方？

侍童　就在您府上；他就在那里脱下他的盔甲。

潘达洛斯　好孩子，对他说我就来。（侍童下）我不知道他有没有
受伤。再见，好甥女。

克瑞西达　再见，舅舅。

潘达洛斯　甥女，等会儿我就来看你。

克瑞西达　舅舅，您要带些什么来呢?

潘达洛斯　啊，我要带一件特洛伊罗斯的礼物给你。

克瑞西达　那么您真是个氤氲使者了。（潘达洛斯下）言语、盟誓、
礼物、眼泪以及恋爱的全部祭礼，他都借着别人的手向我
呈献过了；然而我从特洛伊罗斯本身所看到的，比之从潘
达洛斯的谀辞的镜子里所看到的，还要清楚千倍。可是我
却还不能就答应他。女人在被人追求的时候是个天使；无
论什么东西，一到了人家手里，便一切都完了；无论什么
事情，也只有正在进行的时候兴趣最为浓厚。一个被人恋
爱的女子，要是不知道男人重视未获得的事物，甚于既得
的事物，她就等于一无所知；一个女人要是以为恋爱在达
到目的以后，还是像热情未获满足以前一样的甜蜜，那么
她一定从来不曾有过恋爱的经验。所以我从恋爱中间归纳
出这一句箴言：既得之后是命令，未得之前是请求。虽然
我的心里装满了爱情，我却不让我的眼睛泄漏我的秘密。
（克瑞西达、亚历山大同下。）

第三场　希腊营地。阿伽门农帐前

吹号；阿伽门农、涅斯托、俄底修斯、墨涅拉俄斯及

余人等上。

阿伽门农　各位王子，你们的脸上为什么都这样郁郁不乐？希望所给我们的远大计划，并不能达到我们的预期；我们雄心勃勃的行为，发生了种种阻碍困难，正像壅结的树瘿扭曲了松树的纹理，妨害了它的发展。各位王子，你们都知道我们这次远征，把特洛亚城围困了七年，却还不能把它攻克下来；我们每一次的进攻，都不能收到理想的效果。你们看到了这样的成绩，满脸羞愧，认为是莫大的耻辱吗？实在说起来，那不过是伟大的乔武的一个长时期的考验，故意试探我们人类有没有恒心。人们在被命运眷宠的时候，勇、怯、强、弱、智、愚、贤、不肖，都看不出什么分别来；可是一旦为幸运所抛弃，开始涉历惊涛骇浪的时候，就好像有一把有力的大扇子，把他们搧开了，柔弱无用的都被搧去，有毅力、有操守的却会卓立不动。

涅斯托　伟大的阿伽门农，恕我不揣冒昧，说几句话补充你的意思。在命运的颠沛中，最可以看出人们的气节：风平浪静的时候，有多少轻如一叶的小舟，敢在宁谧的海面上行驶，和那些载重的大船并驾齐驱！可是一等到风涛怒作的时候，你就可以看见那坚固的大船像一匹凌空的天马，从如山的雪浪里腾跃疾进；那凭着自己单薄脆弱的船身，便想和有力者竞胜的不自量力的小舟呢，不是逃进港口，便是葬身在海神的腹中。表面的勇敢和实际的威武，也正是这样在命运的风浪中区别出来：在和煦的阳光照耀之下，迫害牛羊的不是猛虎而是蝇虻；可是当烈风吹倒了多节的橡树，蝇虻向有荫庇的地方纷纷飞去的时候，那山谷中的猛虎便会应和着天风的怒号，发出惊人的长啸，正像一个叱咤风云的志士，不肯在命运的困迫之前低头一样。

俄底修斯 阿伽门农，伟大的统帅，整个希腊的神经和脊骨，我们全军的灵魂和主脑，听俄底修斯说几句话。对于你从你崇高的领导地位上所发表的有力的言词，以及你，涅斯托，凭着你的老成练达的人生经验所提出的可尊敬的意见，我只有赞美和同意；你的话，伟大的阿伽门农，应当刻在高耸云霄的铜柱上，让整个希腊都瞻望得到；你的话，尊严的涅斯托，应当像天轴地柱一样，把所有希腊人的心系束在一起；可是请你们再听俄底修斯说几句话。

阿伽门农 说吧，伊塔刻的王子；从你的嘴里吐出来的，一定不会是琐屑的空谈，无聊的废话，正像下流的忒耳西忒斯一张开嘴，我们便知道不会有音乐、智慧和天神的启示一样。

俄底修斯 特洛亚至今兀立不动，没有给我们攻下，赫克托的宝剑仍旧在它主人的手里，这都是因为我们漠视了军令的森严所致。看这一带大军驻屯的阵地，散布着多少虚有其表的营寨，谁都怀着各不相下的私心。大将就像是一个蜂房里的蜂王，要是采蜜的工蜂大家各自为政，不把采得的粮食归献蜂王，那么还有什么蜜可以酿得出来呢？尊卑的等级可以不分，那么最微贱的人，也可以和最有才能的人分庭抗礼了。诸天的星辰，在运行的时候，谁都格守着自身的等级和地位，遵循着各自的不变的轨道，依照着一定的范围、季候和方式，履行它们经常的职责；所以灿烂的太阳才能高拱出天，炯察寰宇，纠正星辰的过失，揭恶扬善，发挥它的无上威权。可是众星如果出了常轨，陷入了混乱的状态，那么多少的灾祸、变异、叛乱、海啸、地震、风暴、惊骇、恐怖，将要震撼、摧裂、破坏、毁灭这宇宙间的和谐！纪律是达到一切雄图的阶梯，要是纪律发生动摇，啊！那时候事业的前途也就变成黯淡了。要是没有纪律，社会上的秩序怎么得以稳定？学校中的班次怎么得以整齐？城市中的和平怎么得以保持？各地间的贸易怎么得以畅通？法律上所规定的与生俱来的特权，以及尊长、君王、统治者、胜利者所享有的特殊权利，怎么得以确立不坠？只要把纪律的琴弦拆去，听吧！多少刺耳的噪音就会发出来；一切都是互相抵触；江河里的水会泛滥得高过堤岸，淹没整个的世界；强壮的要欺凌老弱，不孝的儿子要打死他的父亲；威力将代替公理，没有是非之分，也没有正义存在。那时候权力便是一切，而凭仗着权力，便可以逞着自己的意志，放纵无厌的贪欲；欲望，这一头贪心不足的饿狼，得到了意志和权力的两重辅佐，势必至于把全世界供它的馋吻，然后把自己也吃下去。伟大的阿伽门农，这一种混乱的状态，只有在纪律被人扼杀以后才会发生。就是因为漠视了纪律，有意前进的才反而会向后退却。主帅被他属下的将领所轻视，那将领又被他的属下所轻视，这样上行下效，谁都瞧不起他的长官，结果就引起了猜嫉争竞的心理，损害了整个军队的元气。特洛亚所以至今兀立不动，不是靠着它自己的力量，乃是靠着我们的这一种弱点；换句话说，它的生命是全赖我们的弱点替它支持下来的。

涅斯托　俄底修斯已经很聪明地指出了我们的士气所以不振的原因。

阿伽门农　俄底修斯，病源已经发现了，那么应当怎样对症下药呢？

俄底修斯　公认为我军中坚的阿喀琉斯，因为听惯了人家的赞誉，养成了骄矜自负的心理，常常高卧在他的营帐里，讥笑着我们的战略；还有帕特洛克罗斯也整天陪着他懒洋洋地躺在一起，说些粗俗的笑话，用荒唐古怪的动作扮演着我们，说是模拟我们的神气。有时候，伟大的阿伽门农，他模仿着崇高的你，像一个高视阔步的伶人似的，走起路来脚底下发出蹬蹬的声响，用这种可怜又可笑的夸张的举止，表演着你的庄严的形状；当他说话的时候，就像一串哑钟的声音，发出一些荒诞无稽的怪话。魁梧的阿喀琉斯听见了这腐臭的一套，就会笑得在床上打滚，从他的胸口笑出了一声洪亮的喝彩："好哇！这正是阿伽门农。现在再给我扮演涅斯托；咳嗽一声，摸摸你的胡须，就像他正要发表什么演说一样。"帕特洛克罗斯就这样扮了，扮得一点也不像，可是阿喀琉斯仍旧喊着，"好哇！这正是涅斯托。现在，帕特洛克罗斯，给我表演他穿上盔甲去抵御敌人夜袭的姿态。"于是老年人的弱点，就成为他们的笑料：咳一声嗽，吐一口痰，瘫痪的手乱抓乱摸着领口的钮钉。我们的英雄看见了这样的把戏，简直要笑死了，他喊着，"啊！够了，帕特洛克罗斯；我的肋骨不是钢铁打的，你再扮下去，我要把它们一起笑断了。"他们这样嘲笑着我们的能力、才干、性格、外貌，各个的和一般的优长；我们的进展、计谋、命令、防御、临阵的兴奋、议和的言论，我们的胜利或失败，以及一切真实的或无中生有的事实，都被这两人引作信口雌黄的题目。

涅斯托 许多人看着这两个人的榜样，也沾上了这种恶习。埃阿斯也变得执拗起来了，他那目空一切的神气，就跟阿喀琉斯没有两样；他也照样在自己的寨中独张一帜，聚集一班私党饮酒喧哗，大言无忌地辱骂各位将领；他手下有一个名叫忒耳西忒斯的奴才，一肚子都是骂人的言语，他就纵容着他把我们比得泥土不如，使军中对我们失去了信仰，也不管这种言论会引起多么危险的后果。

俄底修斯 他们斥责我们的政策，说它是懦怯；他们以为在战争中间用不着智慧；先见之明是不需要的，唯有行动才是一切；至于怎样调遣适当的军力，怎样测度敌人的强弱，这一类运筹帷幄的智谋，在他们的眼中都不值一笑，认为只是些痴人说梦，纸上谈兵：所以在他们看来，一辆凭着它的庞大的蛮力冲破城墙的战车，它的功劳远过于制造这战车的人，也远过于运用他们的智慧指挥它行动的人。

涅斯托 我们如果承认这一点，那就是说，阿喀琉斯的战马也比得上许多希腊的英雄了。（喇叭奏花腔。）

阿伽门农 这是哪里来的喇叭声音？墨涅拉俄斯，你去瞧瞧。

墨涅拉俄斯 是从特洛亚来的。

　　　　　埃涅阿斯上。

阿伽门农 你到我们的帐前来有什么事？

埃涅阿斯 请问一声，这就是伟大的阿伽门农的营寨吗？

阿伽门农 正是。

埃涅阿斯 我是一个使者，也是一个王子，可不可以让我把一个善意的音信传到他的尊贵的耳中？

阿伽门农　当着全体拥戴阿伽门农为他们统帅的希腊将士面前，我给你比阿喀琉斯的手臂更坚强的保证，你可以对他说话。

埃涅阿斯　谢谢你给我这样宽大的允许和保证。可是一个异邦人怎么可以从这许多人中间，辨别出哪一个是他们最尊贵的领袖呢？

阿伽门农　怎么！

埃涅阿斯　是的，我这样问是因为我要让我的脸上呈现出一种恭敬的表情，叫我的颊上露出一重羞愧的颜色，就像黎明冷眼窥探着少年的福玻斯一样。哪一位是指导世人的天神，尊贵威严的阿伽门农？

阿伽门农　这个特洛亚人在嘲笑我们；否则特洛亚人就都是些善于辞令的朝士。

埃涅阿斯　在和平的时候，他们是以天使般的坦白、文雅温恭而著称的朝士；可是当他们披上甲胄的时候，他们有的是无比的胆量、精良的武器、强健的筋骨、锋利的刀剑，什么也比不上他们的勇敢。可是住口吧，埃涅阿斯！赞美倘然从被赞美者自己的嘴里发出，是会减去赞美的价值的；从敌人嘴里发出的赞美，才是真正的光荣。

阿伽门农　特洛亚的使者，你说你的名字是埃涅阿斯吗？

埃涅阿斯　是，希腊人，那是我的名字。

阿伽门农　你来有什么事？

埃涅阿斯　恕我，将军，我必须向阿伽门农当面说知我的来意。

阿伽门农　从特洛亚带来的消息，他必须公之于众人。

埃涅阿斯　我从特洛亚奉命来此，并不是来向他耳边密语的；我带了一个喇叭来，要吹醒他的耳朵，唤起他的注意，然后再让他听我的话。

阿伽门农　请你像风一样自由地说吧，现在不是阿伽门农酣睡的时候；特洛亚人，你将要知道他是清醒着，因为这是他亲口告诉你的。

埃涅阿斯　喇叭，高声吹起来吧，把你的响亮的声音传进这些怠惰的营帐；让每一个有骨气的希腊人知道，特洛亚的意旨是要用高声宣布出来的。（喇叭吹响）伟大的阿伽门农，在我们特洛亚有一位赫克托王子，普里阿摩斯是他的父亲，他在这沉闷的长期的休战中，感到了髀肉复生的悲哀；他叫我带了一个喇叭来通知你们：各位贤王、各位王子、各位将军！要是在希腊的济济英才之中，有谁重视荣誉甚于安乐；有谁为了博取世人的赞美，不惜冒着重大的危险；有谁信任着自己的勇气，不知道世间有可怕的事；有谁爱恋自己的情人，不仅会在他所爱的人面前发空言，并且也敢在别人面前用武力证明她的美貌和才德：要是有这样的人，那么请他接受赫克托的挑战。赫克托愿意当着特洛亚人和希腊人的面前，用他的全力证明他有一个比任何希腊人所曾经拥抱过的更聪明、更美貌、更忠心的爱人；明天他要在你们的阵地和特洛亚的城墙之间的地带，用喇叭声唤起一个真心爱自己情人的希腊人前来，赫克托愿意和他一决胜负；倘然没有这样的人，那么他要回到特洛亚去向人家说，希腊的姑娘们都是又黑又丑，不值得为她们一战。这就是他叫我来说的话。

阿伽门农　埃涅阿斯将军，这番话我可以去告诉我们军中的情人们；要是我们军中没有这样的人，那么我们一定把这样的人都留在国内了。可是我们都是军人；一个军人要是不想恋爱、不曾恋爱或者不是正在恋爱，他一定是个卑怯的家伙！我们中间倘有一个正在恋爱，或者曾经恋爱过的，或者准备恋爱的人，他可以接受赫克托的挑战；要是没有别人，我愿意亲自出马。

涅斯托 对他说有一个涅斯托，在赫克托的祖父还在吃奶的时候就是个汉子了，他现在虽然上了年纪，可是在我们希腊军中，倘然没有一个胸膛里燃着一星光荣的火花，愿意为他的恋人而应战的勇士，你就去替我告诉他，我要把我的银须藏在黄金的面甲里，凭着我这一身衰朽的筋骨，也要披上甲胄，和他在战场上相见；我要对他说我的爱人比他的祖母更美，全世界没有比她更贞洁的女子；为了证明这一个事实，我要用我仅余的两三滴老血，和他的壮年的盛气决一高下。

埃涅阿斯 天哪！难道年轻的人这么少，一定要您老人家上阵吗？

俄底修斯 阿门。

阿伽门农 埃涅阿斯将军，让我挽着您的手，先带您到我们大营里看看，阿喀琉斯必须知道您这次的来意；各营各寨，每一个希腊将领，也都要一体传闻。在您回去以前，我们还要请您喝杯酒儿，表示我们对于一个高贵的敌人的敬礼。

（除俄底修斯、涅斯托外同下。）

俄底修斯 涅斯托！

涅斯托 你有什么话，俄底修斯？

俄底修斯 我想起了一个幼稚的念头；请您帮我斟酌斟酌。

涅斯托　你想起些什么？

俄底修斯　我说，钝斧斩硬节，阿喀琉斯骄傲到这么一个地步，倘不把他及时挫折一下，让他的骄傲的种子播散开去，恐怕后患不堪设想。

涅斯托　那么你看应当怎么办？

俄底修斯　赫克托的这一次挑战虽然没有指名叫姓，实际上完全是对阿喀琉斯而发的。

涅斯托　他的目的很显然；我们在宣布他挑战的时候，应当尽力使阿喀琉斯明白——即使他的头脑像利比亚沙漠一样荒凉——赫克托的意思里是以他为目标的。

俄底修斯　您以为我们应当激他一下，叫他去应战吗？

涅斯托　是的，这是最适当的办法。除了阿喀琉斯以外，谁还能从赫克托的手里夺下胜利的光荣来呢？虽然这不过是一场游戏的斗争，可是从这回试验里，却可以判断出两方实力的高低；因为特洛亚人这次用他们最优秀的将材来试探我们的声威；相信我，俄底修斯，我们的名誉在这场儿戏的行动中将要遭受严重的考验，结果如何，虽然只是一时的得失，但一隅可窥全局，未来的重大演变，未始不可以从此举的结果观察出来。前去和赫克托决战的人，在众人的心目中必须是从我们这里挑选出来的最有本领的人物，为我们全军的灵魂所寄，就好像他是从我们各个人的长处中提炼出来的精华；要是他失败了，那得胜的一方岂不将勇气百倍，格外加强他们的自信，即使单凭着一双赤手，也会出入白刃之间而不知恐惧吗？

俄底修斯　恕我这样说，我以为唯其如此，所以不能让阿喀琉斯去接受赫克托的挑战。我们应当像商人一样，尽先把次货拿出来，试试有没有脱售的可能；要是次货卖不出去，然后再把上等货色拿出来，那么在相形之下，更可以显出它的光彩。不要容许赫克托和阿喀琉斯交战，因为我们全军的荣辱，虽然系此一举，可是无论哪一方面得胜，胜利的光荣总不会属于我们的。

涅斯托　我老糊涂了，不能懂得你的意思。

俄底修斯　阿喀琉斯倘不是这样骄傲，那么他从赫克托手里取得的光荣，也就是我们共同的光荣；可是他现在已经是这样傲慢不逊，倘使赫克托也不能取胜于他，那他一定会更加目空一世，在他侮蔑的目光之下，我们都要像置身于非洲的骄阳中一样汗流浃背了；要是他失败了，那么他是我们的首将，他的耻辱当然要影响到我们全军的声誉。不，我们还是采取抽签的办法，预先安排好让愚蠢的埃阿斯抽中，叫他去和赫克托交战；我们私下里再竭力捧他一下，恭维他的本领比阿喀琉斯还强，那对于我们这位戴惯高帽子的大英雄可以成为一服清心的药剂，把他冲天的傲气挫折几分。要是这个没有头脑的、愚蠢的埃阿斯奏凯而归，我们不妨替他大吹特吹；要是他失败了，那么他本来不是什么了不得的人物，也不算丢了我们的脸。不管胜负如何，我们主要的目的，是要借埃阿斯的手，压下阿喀琉斯的气焰。

涅斯托　俄底修斯，你的意思果然很好，我可以先去向阿伽门农说说；我们现在就去找他吧。制伏两条咬人的恶犬，最好的办法是请它们彼此相争，骄傲便是挑拨它们搏斗的一根肉骨。（同下。）

第二幕

第一场　希腊营地的一部分

埃阿斯及忒耳西忒斯上。

埃阿斯　忒耳西忒斯!

忒耳西忒斯　要是阿伽门农浑身长起毒疮来呢?

埃阿斯　忒耳西忒斯!

忒耳西忒斯　要是那些毒疮都出起脓来呢?

埃阿斯　狗!

忒耳西忒斯　那样他总该可以拿出些东西来了吧; 我现在可没看
　　见他拿出什么东西来。

埃阿斯　你这狼狗养的, 你没听见吗? 且叫你尝点味儿。(打忒耳
　　西忒斯。)

忒耳西忒斯　整个希腊的瘟疫降在你身上, 你这蠢牛一样的狗杂

种将军!

埃阿斯 你再说,你这发霉的酵母,再说;我要打掉你这丑陋的皮囊。

忒耳西忒斯 我要骂开你那糊涂的心窍;可是我想等到你能够不瞧着书本念熟一段祷告的时候,你的马也会背诵一篇演说了。你会打人吗?你这害血瘟症的!

埃阿斯 坏东西,把布告念给我听。

忒耳西忒斯 你这样打我,你以为我是没有知觉的吗?

埃阿斯 那布告上怎么说?

忒耳西忒斯 我想它说你是个傻瓜。

埃阿斯 你再说,野猪,你再说;我的手指头痒着呢。

忒耳西忒斯 我希望你从头上痒到脚上,让我把你浑身的皮都搔破了,叫你做一个全希腊顶讨人厌的癞皮化子。在你冲锋陷阵的时候,你就打不动了。

埃阿斯 我叫你把布告念给我听!

忒耳西忒斯 你一天到晚叽哩咕噜地骂阿喀琉斯,因为他比你神气,所以你一肚子不舒服,就像一个丑妇瞧不惯别人长得比她好看一样;哼,你简直像狗一样地向他叫个不停。

埃阿斯 忒耳西忒斯老太太!

忒耳西忒斯 你可以打他呀。

埃阿斯 你这烘坏了的歪面包块儿!

忒耳西忒斯 他会像一个水手砸碎一块硬面包似的,一拳头就把你打得血肉横飞。

埃阿斯 你这婊子生的贱狗! (打忒耳西忒斯。)

忒耳西忒斯 你打,你打。

埃阿斯　你这替妖精垫屁股的凳子！

忒耳西忒斯　好，你打，你打；你这糊涂将军！我的臂弯里也比你有更多的头脑；一头蠢驴都可以做你的老师；你这下贱的莽驴子！他们叫你到这儿来打几个特洛亚人，你却给那些聪明人卖来卖去，好像一个蛮族的奴隶一般。要是你尽打我，我就从你的脚跟骂起，一寸一寸骂上去，一直骂到你的头顶，你这没有肚肠的东西，你！

埃阿斯　你这狗！

忒耳西忒斯　你这下贱的将军！

埃阿斯　你这恶狗！（打忒耳西忒斯。）

忒耳西忒斯　你这战神手下的白痴！你打，不讲理的东西；你打，蠢骆驼；你打，你打。

阿喀琉斯及帕特洛克罗斯上。

阿喀琉斯　啊，怎么，埃阿斯！你为什么打他？喂，忒耳西忒斯！怎么一回事？

忒耳西忒斯　你瞧他，你看见吗？

阿喀琉斯　我看见；是怎么一回事？

忒耳西忒斯　不，你再瞧瞧他。

阿喀琉斯　好；是怎么一回事？

忒耳西忒斯　不，你仔细瞧瞧他。

阿喀琉斯　好，我瞧过了。

忒耳西忒斯　可是你还没有把他瞧清楚；因为无论你把他当作什么人，他总是埃阿斯。

阿喀琉斯　那我也知道，傻瓜。

忒耳西忒斯　不错，可是那傻瓜却不知道他自己。

埃阿斯　　所以我打你。

忒耳西忒斯　　听，听，听，听，这还成什么话！简直是驴子的理
由。我已经敲扁了他的脑袋，他倒还没有打痛我的骨头；
我可以拿一个铜子去买九只麻雀，可是他的脑袋还不值一
只麻雀的九分之一。我告诉你，阿喀琉斯，这家伙把思想
装在肚子里，把大肠小肠一起塞在他的脑袋里，让我告诉
你我怎么说他的。

阿喀琉斯　　你怎么说的？

忒耳西忒斯　　我说，这个埃阿斯——（埃阿斯举手欲打。）

阿喀琉斯　　且慢，好埃阿斯。

忒耳西忒斯　　他所有的一点点儿智慧——

阿喀琉斯　　不，你不要动手。

忒耳西忒斯　　还塞不满海伦的针眼，其实他还是为了这个海伦才
来打仗的。

阿喀琉斯　　住口，傻瓜！

忒耳西忒斯　　我倒是想安安静静的，可是那傻瓜一定要跟我闹；
瞧他，瞧他，你瞧。

埃阿斯　　啊，你这该死的贱狗！我要——

阿喀琉斯　　你何必跟一个傻瓜斗嘴呢？

忒耳西忒斯　　不，他才不敢哩；他还斗不过一个傻瓜的嘴。

帕特洛克罗斯　　说得好，忒耳西忒斯。

阿喀琉斯　　为什么闹起来的？

埃阿斯　　我叫这坏猫头鹰去替我看看布告上说些什么话，他就骂
起我来了。

忒耳西忒斯　　我又不是替你做事的。

埃阿斯　好，很好。

忒耳西忒斯　我是自己到这儿来的。

阿喀琉斯　你刚才到这儿来挨了打，不是自动的；没有人愿意挨打。埃阿斯才是自己来的，你却是不得已才来的。

忒耳西忒斯　哼，你也是条没脑子的蛮牛。赫克托要是把你们两个人的脑壳捶了开来，那才是个大笑话，因为这简直就跟捶碎一个空心的烂胡桃没有分别。

阿喀琉斯　怎么，忒耳西忒斯，你把我也骂起来了吗？

忒耳西忒斯　俄底修斯，还有那个涅斯托老头子，他们的头脑在你们的祖父还没有长脚爪的时候就已经发了霉了，把你们当作牛马一样驾驭，赶你们到战场上去替他们打仗。

阿喀琉斯　什么？什么？

忒耳西忒斯　是的，老实对你们说吧。哼，阿喀琉斯！哼，埃阿斯！哼！

埃阿斯　我要割下你的舌头。

忒耳西忒斯　没有关系，我被割下了舌头还比你会说话些。

帕特洛克罗斯　别多说啦，忒耳西忒斯；还不住口！

忒耳西忒斯　阿喀琉斯的走狗叫我别说话，我就闭上嘴吗？

阿喀琉斯　他骂到你身上来了，帕特洛克罗斯。

忒耳西忒斯　我要瞧你们像一串猪狗似的给吊死，然后我才会再踏进你们的营帐；我要去找一个有聪明人的地方住下，再不跟傻瓜们混在一起了。（下。）

帕特洛克罗斯　他去了倒也干净。

阿喀琉斯　埃阿斯，传谕全军的是这么一件事：赫克托要在明天早上五点钟的时候，在我们的营地和特洛亚城墙之间，以喇叭为号，召唤我们这儿的一个骑士去和他决战；要是谁敢宣称——我记不得那一套话，全是些胡说八道。再见。

埃阿斯　再见。那么派谁去应战呢？

阿喀琉斯　我不知道；那是要用抽签的办法来决定的；否则他们应该知道叫谁去的。

埃阿斯　啊，你的意思是说你自己。待我再去探听探听消息。

（各下。）

第二场　特洛亚。普里阿摩斯宫中一室

普里阿摩斯、赫克托、特洛伊罗斯、帕里斯及赫勒诺斯上。

普里阿摩斯　抛掷了这许多时间、生命和言语以后，希腊军中的涅斯托又向我们发出了这样的通牒："把海伦交还我们，那么一切其他的损害，例如荣誉上的污辱，时间上的损失，人力物力的消耗，将士的伤亡，以及充填战争欲壑所消费的一切，都可以置之不问。"赫克托，你的意思怎样？

赫克托　就我个人而论，虽然我比谁都不怕这些希腊人，可是，尊严的普里阿摩斯，没有一个软心肠的女人会像我这样为了瞻望着不可知的前途而忧惧。太平景象最能带来一种危险，就是使人高枕无忧；所以适当的疑虑还是智者的明灯，是防患于未然的良方。放海伦回去吧；自从为了这一个问题开始掀动干戈以来，我们已经牺牲了无数的兵士，他们每一个人的生命都像海伦一样宝贵；要是我们丧亡了这许多同胞，去保卫一件既不属于我们、对于我们又没有多大价值的东西，那么我们凭着什么理由，拒绝把她交还给人家呢？

特洛伊罗斯　什么话！哥哥，你把我们伟大尊严的父王的荣誉，去和微贱的生命放在一个天平里称量吗？你要用算盘来计算出他无限的广大，用恐惧和理智的狭窄的分寸来束缚不可测度的巨人的腰身吗？呸，说这样丢脸的话！

赫勒诺斯　你这样痛斥理智是不足为奇的，因为你是个完全没有理智的人。是不是因为你说了这一套意气用事的话，我们的父王就不该用理智来处理他的事务了吗？

特洛伊罗斯　你还是去做梦打瞌睡吧，我的祭司哥哥；你满口都是大道理。我可以代你把你的这番大道理说出来：你知道敌人是要来加害于你的；你知道一柄出鞘的剑是危险的，按照理智，一个人应当明哲保身；所以赫勒诺斯一看见拿起了剑的希腊人，就会像一颗出了轨道的流星似的，借着理智的翅膀高飞远走，这还用得着奇怪吗？不，我们要是谈理智，那么还是关起大门睡觉吧。一个堂堂男子，要是让他的脑中塞满了理智，就会变成一个胆小怕事的懦夫，汩没了他的英勇的气概。

赫克托　兄弟，她是不值得我们费这么大代价保留下来的。

特洛伊罗斯　哪一样东西的价值不是按照着人们的估计而决定的？

赫克托　可是价值不能凭着私心的爱憎而决定；一方面这东西的本身必须确有可贵的地方，另一方面它必须为估计者所重视，这样它的价值才能确立。要是把隆重的祭礼去向一个卑微的神祇献祭，那就是疯狂的崇拜；偏执着私人的感情而不知辨别是非利害，那也是溺爱不明。

特洛伊罗斯　假如我今天娶了一个妻子，我的选择是取决于我的意志，我的意志是受我的耳目所左右；假如我在选定以后，我的意志重新不满于我的选择，那么我怎么可以避免既成的事实呢？一方面逃避责任，一方面又要不损害自己的荣誉，这样的事是不可能的。我们把绸缎污毁了以后，就不能再拿它向商家退换；我们也不因为已经吃饱，就把剩余的食物倒在肮脏的阴沟里。当初大家都赞成帕里斯去向希腊人报复；你们的一致同意鼓励了他的远行，善于捣乱的海浪和天风，也协力帮助他一帆风顺地到了他的目的地；为了希腊人俘掳了我们一个年老的姑母，他夺回了一个希腊的王妃作为交换，她的青春和娇艳掩盖了朝暾的美丽。我们为什么留住她不放？因为希腊人没有放还我们的姑母；她是值得我们保留的吗？啊，她是一颗明珠，它的高贵的价值，曾经掀动过千百个国王迢迢渡海而来，大家都要做一个觅宝的商人。你们不能不承认帕里斯的前去并不是失策，因为你们大家都喊着"去！去！"你们也不能不承认他带回了光荣的战利品，因为你们大家都拍手欢呼，说她的价值是不可估计的；那么你们现在为什么要诋毁从你们自己的智慧中产生的果实，把你们曾经估计为价值超过海洋和陆地的宝物重新贬斥得一文不值呢？啊！赃物已经偷了来了，我们却不敢把它保留下来，这才是最卑劣的偷窃！这样的盗贼是不配偷窃这样的宝物的。

卡珊德拉　（在内）痛哭吧，特洛亚人！痛哭吧！

普里阿摩斯　什么声音？谁在那儿喊叫？

特洛伊罗斯　这是我们那位发疯的姊姊，我听得出她的声音。

卡珊德拉　（在内）痛哭吧，特洛亚人！

赫克托　这是卡珊德拉。

　　　　　　卡珊德拉上，狂呼。

卡珊德拉　痛哭吧，特洛亚人！痛哭吧！借给我一万只眼睛，我
　　　要使它们充满先知的眼泪。

赫克托　安静些，妹妹，别闹！

卡珊德拉　少年的男女们，中年的、老年的人们，还有只会哭泣
　　　的荏弱的婴孩们，大家帮着我哭喊呀！让我们先付清一部
　　　分将来的重大的悲恸。痛哭吧，特洛亚人！痛哭吧！让你
　　　们的眼睛练习练习哭泣吧！特洛亚要化为一片平地，我们
　　　美好的宫殿要变成一堆瓦砾；我们那闯祸的兄弟帕里斯放
　　　了一把火，把我们一起烧成灰烬啦！痛哭吧，特洛亚人！
　　　痛哭吧！海伦是我们的祸根！痛哭吧，痛哭吧！特洛亚要
　　　烧起来啦，快把海伦放回去吧（下。）

赫克托　特洛伊罗斯兄弟，你听了我们的姊妹这一种激昂的预言，
　　　难道一点都无动于衷吗？难道你的血液竟狂热得这样无可
　　　理喻，不知道师出无名，必遭天谴吗？

特洛伊罗斯　赫克托大哥，行动的是非曲直，只有从事实的发展
　　　上去判断，卡珊德拉的疯话，更不能打消我们的勇气；我
　　　们已经把我们各人的荣誉寄托在这一次战争里了，她的神
　　　经错乱的谵语，决不能抹煞我们行动的光明正大。拿我自
　　　己来说，我正像所有普里阿摩斯的儿子一样，什么都不
　　　能动摇我的决心；愿上帝唾弃我们中间那些畏首畏尾的

特洛伊罗斯与克瑞西达

懦夫！

帕里斯　要是我们不能贯彻始终，那么世人将要讥笑我的行动的轻率，也要讥笑你们决策的卤莽；可是我指着天神为证，我因为得到你们完全的同意，才敢放胆行事，屏除一切恐惧，去进行这一个危险的计划；要不然单凭着这一双赤手空拳，能够做出什么事情来呢？一个人的匹夫之勇，怎么抵挡得了倾国之众的敌意呢？然而我可以说一句，要是我必须独自担当这些困难，要是我能够运用充分的权力，那么帕里斯决不从他已经做下的事情中缩回手来，也决不会中途气馁。

普里阿摩斯　帕里斯，你的话说得完全像一个沉醉于自己的欢乐中的人；你自己吮吸着蜜糖，让人家去尝胆汁的苦味。我不敢恭维你的勇敢。

帕里斯　父王，我本来不敢独占这样一个美人所带来的欢乐，可是为了洗刷她的失身的羞辱，我不能不保持她的光荣的完整。要是现在因为迫于对方的威胁，再把她还给敌人，那对于这位被劫的王妃是一件多么不可容忍的罪恶，对于您的尊严是一个多大的污点，对于我又是一桩多么难堪的耻辱！难道像这样一种卑劣的思想，也会侵入您的高贵的心灵吗？在我们这儿即使是一个最凡庸的懦夫，为了保卫海伦的缘故，也会挺身而出，拔剑而起；无论怎样高贵的人，都愿意为海伦献身效命；她既然是这样一个绝世无双的美人，我们难道不应该为她而作战吗？

赫克托　帕里斯，特洛伊罗斯，你们两人的话都说得很好；可是你们对于我们现在讨论的问题不过作了一番文饰外表的诡辩，正像亚理斯多德所说的那种不适宜于听讲道德哲学的年轻人一样。你们所提出的理由，只能煽动偏激的意气，不能作为抉择是非的标准；因为一个耽于欢乐或是渴于复仇的人，他的耳朵是比蝮蛇更聋，听不见正确的判断的。物各有主，这是造物的意旨；在一切人类关系之中，还有什么比妻子对于丈夫更亲近的？要是这一条自然的法律为感情所破坏，思想卓越的人因为被私心所蒙蔽，也对它悍然不顾，那么在每一个组织健全的国家里，都有一条制定的法律，抑制这一类悖逆的乱行。海伦既然是斯巴达的王妃，按照自然的和国家的道德法律，就应该把她还给斯巴达；错误已经铸成，倘再执迷不悟地坚持下去，那就大错而特错了。这是赫克托认为正确的见解；可是虽然这么说，我的勇敢的兄弟们，我仍旧赞同你们的意思，把海伦留下来，因为这是对于我们全体和各人的荣誉大有关系的。

特洛伊罗斯　你这句话才真说中了我们的本意；倘然这不过是一场意气之争，而不是因为重视我们的光荣，那么我也不愿为了保卫她的缘故，再洒一滴特洛亚的血。可是，尊贵的赫克托，她是一个光荣的题目，可以策励我们建立英勇卓绝的伟业，使我们战胜当前的敌人，树立万世不朽的声名；我相信即使有人给他整个世界的财富，勇敢的赫克托也不愿放弃这一个千载一时的机会。

赫克托　我愿意和你们通力合作，伟大的普里阿摩斯的英勇的后人。我已经向这些行动滞钝、党派纷歧的希腊贵人们提出挑战，惊醒他们昏睡的灵魂。我听说他们的主将只会睡觉不会管事，听任手下的将士们明争暗斗；也许我这一声怒

特洛伊罗斯与克瑞西达

吼，可以叫他觉醒过来。（同下。）

第三场　希腊营地。阿喀琉斯帐前

忒耳西忒斯上。

忒耳西忒斯　怎么，忒耳西忒斯！你把头都气昏了吗？埃阿斯这蠢象欺人太甚；他居然动手打人；可是他会打我，我就会骂他，总算也出了气了。要是颠倒过来，他骂我的时候我也可以打他，那才痛快呢！他妈的！我一定要去学会一些降神召鬼的法术，让我瞧见我的咒诅降在他身上。还有那个阿喀琉斯，也真是一尊好大炮。要是特洛亚一定要等这两个人去打下来，那么除非等到城墙自己坍倒。啊！你俄林波斯山上发射雷霆的乔武大神，还有你，蛇一样狡猾的麦鸠利，你们要是不能把他们所有的不过这么一点点儿的智慧拿去，那么还算什么万神之王，还算什么足智多谋？他们的智慧稀少得这样出奇，为了搭救一只粘在蜘蛛网上的飞虫，他们竟不知道除了拔出他们的刀剑来把蛛丝斩断以外还有什么别的办法。然后，我希望整个的军队都遭到灾殃；或者让他们一起害杨梅疮，因为他们在为一个婊子打仗，这是他们应得的报应。我的祷告已经说过了，让不怀好意的魔鬼去说他们吧。喂！阿喀琉斯将军！

帕特洛克罗斯上。

帕特洛克罗斯　是谁？忒耳西忒斯！好忒耳西忒斯，进来骂几句人给我们听吧。

忒耳西忒斯　要是我能够记得一枚镀金的铅币，我一定会想起你；可是那也不用说了，我要骂你的时候，只要提起你的名字就够了。但愿人类共同的咒诅，无知和愚蠢一起降在你的身上！上天保佑你终身得不到明师的指示，听不到教诲的启迪！让你的血气引导着你直到死去！等你死了的时候，替你掩埋的那位太太要是说你是一个漂亮的尸体，我就要再三发誓，说她除了掩埋害麻疯病死的人以外，从来不曾掩埋过别的尸体。阿门。阿喀琉斯呢？

帕特洛克罗斯　什么！你也会虔诚起来吗？你刚才在祷告吗？

忒耳西忒斯　是的，上天听见了我的话！

　　　　　　　阿喀琉斯上。

阿喀琉斯　谁在这儿？

帕特洛克罗斯　忒耳西忒斯，将军。

阿喀琉斯　哪儿？哪儿？你来了吗？啊，我的干酪，我的开胃的妙药，你为什么不常常到我的餐桌上来吃饭呢？来，告诉我阿伽门农是什么？

忒耳西忒斯　你的主帅，阿喀琉斯。告诉我，帕特洛克罗斯，阿喀琉斯是什么？

帕特洛克罗斯　你的主人，忒耳西忒斯。再请你告诉我，你自己是什么？

忒耳西忒斯　我是知道你的人，帕特洛克罗斯。告诉我，帕特洛克罗斯，你是什么？

帕特洛克罗斯　你知道我，就不用问了。

阿喀琉斯　啊，你说，你说。

忒耳西忒斯　我可以把整个问题演绎下来。阿伽门农指挥阿喀琉

特洛伊罗斯与克瑞西达

斯；阿喀琉斯是我的主人；我是知道帕特洛克罗斯的人；帕特洛克罗斯是个傻瓜。

帕特洛克罗斯 你这混蛋！

忒耳西忒斯 闭嘴，傻瓜！我还没有说完呢。

阿喀琉斯 他是一个有谩骂特权的人。说下去吧，忒耳西忒斯。

忒耳西忒斯 阿伽门农是个傻瓜；阿喀琉斯是个傻瓜；忒耳西忒斯是个傻瓜；帕特洛克罗斯已经说过了是个傻瓜。

阿喀琉斯 来，把你的理由推论出来。

忒耳西忒斯 阿伽门农倘不是个傻瓜，他就不会指挥阿喀琉斯；阿喀琉斯倘不是个傻瓜，他就不会受阿伽门农的指挥；忒耳西忒斯倘不是个傻瓜，他就不会侍候这样一个傻瓜；帕特洛克罗斯不用说啦，当然是个傻瓜。

帕特洛克罗斯 为什么我是个傻瓜？

忒耳西忒斯 那你该去问那造下你来的上帝。我只要知道你是个傻瓜就够了。瞧，谁来啦？

阿喀琉斯 帕特洛克罗斯，我不想跟什么人说话。跟我进来，忒耳西忒斯。（下。）

忒耳西忒斯 全是些捣鬼的家伙！争来争去不过是为了一个忘八和一个婊子，结果弄得彼此猜忌，白白损失了多少人的血。但愿战争和奸淫把他们一起抓了去！（下。）

阿伽门农、俄底修斯、涅斯托、狄俄墨得斯及埃阿斯上。

阿伽门农 阿喀琉斯呢？

帕特洛克罗斯 在他的帐里，元帅；可是他的身子不大舒服。

阿伽门农 你去对他说，我在这儿。他辱骂我的使者，现在我又卑躬屈节地来拜访他；你对他说吧，叫他不要以为我不敢在他面前提起我的地位，也不要以为我不知道我自己的身分。

帕特洛克罗斯　我就照这样对他说。（下。）

俄底修斯　我们刚才看见他站在营帐的前面；他没有病。

埃阿斯　他害的是狮子的病，骄傲是他的病根。你们要是喜欢这个人，那么也可以说是一种忧郁症；可是照我说起来，完全是骄傲。他凭着什么理由这样骄傲呢？元帅，我对你说句话。（拉阿伽门农立一旁。）

涅斯托　埃阿斯为什么这样骂他？

俄底修斯　阿喀琉斯把他的弄人骗去了。

涅斯托　谁，忒耳西忒斯吗？

俄底修斯　正是他。

涅斯托　那很好，我们希望看见他们分裂，不希望看见他们勾结；可是为了这样一个傻子就会叫他们彼此不和，那么他们的友谊也实在太巩固了。

俄底修斯　智慧连络不起来的好感，愚蠢一下子就会把它打破。帕特洛克罗斯来了。

　　　　　帕特洛克罗斯重上。

涅斯托　阿喀琉斯没有跟他来。

俄底修斯　巨象的腿是为步行用的，不是为屈膝用的。

帕特洛克罗斯　阿喀琉斯叫我回复元帅，要是元帅的大驾光临敝寨，除了游玩以外还有其他的目的，那么他真是抱歉万分；他希望您不过是因为要在饭后活活筋骨，助助消化，所以才出来散散步的。

特洛伊罗斯与克瑞西达

阿伽门农　听着，帕特洛克罗斯，他这种语含讥讽的推托，我们早就听厌了。他这个人不是没有可取的地方，可是因为自恃己长的缘故，他的优点已经开始在我们的眼中失去光彩，正像一枚很好的鲜果，因为放在醴醲的盆子里，没有人要去吃它，只好听任它腐烂。你去对他说，我们要来找他说话；你尽管大胆告诉他，说我们认为他太骄傲，也不够爽气，自以为了不起，其实说不上什么明智；他故意摆出一股威风，装模作样，目中无人，反而自鸣得意；他横行霸道，喜怒无常，好像天下大事都要由他摆布。你去把这些话告诉他，要是他把自己估价得这么高，那么我们也用不着他这么一个人，只好让他像一架无法拖曳的重炮一样，搁在武器库里生锈；对他说，我们宁愿重用一个活跃的侏儒，不要一个贪睡的巨人。

帕特洛克罗斯　是，我就去这样对他说，把他的回音立刻带出来。（下。）

阿伽门农　我们是来找他说话的，一定要听到他亲口的答复。俄底修斯，你进去。（俄底修斯下。）

埃阿斯　他有什么胜过别人的地方？

阿伽门农　他不过自以为比别人了不起罢了。

埃阿斯　他竟这样了不起吗？您想他是不是以为他比我强？

阿伽门农　那是没有问题的。

埃阿斯　您也跟他有同样的见解，认为他比我强吗？

阿伽门农　不，尊贵的埃阿斯，你跟他一样强，一样勇敢，一样聪明，一样高贵，可是你比他脾气好得多，也比他更听号令。

埃阿斯　一个人为什么要骄傲？骄傲的心理是怎么起来的？我就不知道什么是骄傲。

阿伽门农　埃阿斯，你的头脑比他明白，你的人格也比他高尚。一个骄傲的人，结果总是在骄傲里毁灭了自己。他一味对镜自赏，自吹自擂，遇事只顾浮夸失实，到头来只是事事落空而已。

埃阿斯　我讨厌一个骄傲的人，就像讨厌一窠癞蛤蟆一样。

涅斯托　（旁白）可是他却不讨厌他自己；这不是很奇怪吗？

俄底修斯重上。

俄底修斯　阿喀琉斯明天不愿上阵。

阿伽门农　他有什么理由？

俄底修斯　他也不讲什么理由，只逞着自己的性子，一味执拗，把什么人都不放在眼里。

阿伽门农　我们再三请他，为什么他总不出来？

俄底修斯　正因为我们前来移樽就教，他便妄自尊大起来，把草纸当文书；他好比着了迷似的，甚至连自己嘴里出一口气都不得平静。我们这位阿喀琉斯是如此自命不凡，连他的思想与行动也互相仇视，自相残杀，使他不能自主。我该怎么说呢？他的骄傲确已病入膏肓，无可救药了。

阿伽门农　让埃阿斯去叫他出来。将军，你到他帐里去看看他；听说他对你的感情不错，也许你去请他，他会却不过你的情面。

俄底修斯　啊，阿伽门农！不要这样。我们应当让埃阿斯离开阿喀琉斯越远越好。这个骄悍的将军用傲慢塞住了自己的心窍，眼睛里只有自己没有别人，难道我们反要叫一个更被我们敬重的人去向他礼拜吗？不，我们不能让这位比他尊贵三倍的、勇武超群的将军污损了他的血战得来的光荣；他的才能并不在阿喀琉斯之下，为什么要叫他贬低身分去向阿喀琉斯央求呢？那不过格外助长他的骄傲的气焰罢了。叫这位将军去看他！不，天神不容许这样的事，天神会用雷鸣一样的声音怒吼着说，"叫阿喀琉斯出来见他！"

涅斯托 （旁白）啊！这样很好，说到他的心窝里去了。

狄俄墨得斯 （旁白）瞧他一声不响地听得多么出神！

埃阿斯 要是我去看他，我要一拳打歪他的脸。

阿伽门农 啊，不！你不要去。

埃阿斯 要是他对我神气活现，我可老实不客气要教训他一下。让我去看他。

俄底修斯 不，用不着惊动你去。

埃阿斯 下贱的、放肆的家伙！

涅斯托 （旁白）他把自己形容得一点不错！

埃阿斯 他不能客气一点吗？

俄底修斯 （旁白）乌鸦也会骂别人太黑！

埃阿斯 我要叫他的傲气变成鲜血。

阿伽门农 （旁白）他自己原是病人，倒去当起医生来了。

埃阿斯 要是大家的思想都跟我一样——

俄底修斯 （旁白）那么世上没有聪明人了。

埃阿斯 ——一定不让他放肆到这个地步；他要是装腔作势，就叫他吞下他的刀子。

涅斯托 （旁白）果真如此，你也得同他平分秋色呢。

俄底修斯 （旁白）半斤八两。

埃阿斯 尽管他是个铁铮铮的硬汉，我也要把他揉做面团。

涅斯托 （旁白）他的热度还不是顶高；再恭维他几句，把他的野
　　　心煽起来。

俄底修斯 （向阿伽门农）元帅，你太容忍他了。

涅斯托 尊贵的元帅，不要这样做。

狄俄墨得斯 你必须准备不靠阿喀琉斯的力量去和特洛亚人
　　　作战。

俄底修斯 就是因为人家把他的名字挂在嘴边，所以养成了他的
　　　骄傲。我倒想起了一个人——可是他就在我们眼前，我还
　　　是不说了吧。

涅斯托 你为什么不说呢？他又不像阿喀琉斯一样争强好胜。

俄底修斯 整个世界都知道他是跟阿喀琉斯一样勇敢的。

埃阿斯 婊子养的畜生！在我们面前摆他的臭架子！但愿他是个
　　　特洛亚人！

涅斯托 要是埃阿斯现在也像他一样古怪——

俄底修斯 像他一样傲慢——

狄俄墨得斯 像他一样的喜欢人家奉承——

俄底修斯 像他一样的坏脾气——

狄俄墨得斯 像他一样的目中无人、妄自尊大——

俄底修斯 感谢上天，将军，你的天性是这样仁厚；那生下你的
　　　令尊、乳哺你的令堂，真是应该赞美；教你念书的那位先
　　　生，愿他名垂万世；你那非博学所能几及的天赋聪明，更
　　　可与日月争光；至于传授你武艺的那位师傅，那么他是应
　　　该和战神马斯并享千秋的；讲到你的神勇，那么力举全牛

的迈罗^①，也不得不向强壮的埃阿斯甘拜下风。我用不着
称赞你的智慧，那是像一道围墙、一堵堤岸，包围着你的
广大丰富的才能。咱们这位涅斯托老将军眼睛里见过的多，
自然智慧超人一等；可是对不起，涅斯托老爹，要是您也
像埃阿斯一样年轻，您的教育也不过像他一样，那么您的
智慧也决不会超过他的。

埃阿斯　我拜您做干爹吧。

俄底修斯　好，我的好儿子。

狄俄墨得斯　你要听他的话啊，埃阿斯将军。

俄底修斯　咱们不要在这儿多耽搁了；阿喀琉斯这野兔子在丛林
里躲着呢。请元帅立刻传令全军，召集所有人马；新的君
王们到特洛亚来了，明天我们一定要用全力保持我们的声
威。这儿有一位大将，让从东方到西方来的骑士们各自争
取他们的光荣吧，最大的胜利将是属于埃阿斯的。

阿伽门农　我们就去召开会议。让阿喀琉斯睡吧；正是轻舟虽捷，
怎及巨舶容深。（同下。）

---

①迈罗（Milo），希腊六世纪末的运动家，以力大能举一牛著名，
曾六次获得奥林匹克胜利的称号。

第三幕

第一场　特洛亚。普里阿摩斯宫中

潘达洛斯及一仆人上。

潘达洛斯　喂，朋友！对不起，请问一声，你是跟随帕里斯王子的吗？

仆人　是的，老爷，他走在我前面的时候，我就跟在他后面。

潘达洛斯　我的意思是说，你是靠他吃饭的吗？

仆人　老爷，我是靠天吃饭的。

潘达洛斯　你依靠着一位贵人，我必须赞美他。

仆人　愿赞美归于上帝！

潘达洛斯　你认识我吗？

仆人　说老实话，老爷，我不过在外表上认识您。

潘达洛斯　朋友，我们大家应当熟悉一点。我是潘达洛斯老爷。

仆人　我希望以后跟您老爷熟悉一点。

潘达洛斯　那很好。

仆人　您是一位殿下吗？

潘达洛斯　殿下！不，朋友，你只可以叫我老爷或是大人。（内乐声）这是什么音乐？

仆人　我不大知道，老爷，我想那是数部合奏的音乐。

潘达洛斯　你认识那些奏乐的人吗？

仆人　我全都认识，老爷。

潘达洛斯　他们奏乐给谁听？

仆人　他们奏给听音乐的人听，老爷。

潘达洛斯　是谁想听这音乐，朋友？

仆人　我想听，还有爱音乐的人也想听。

潘达洛斯　朋友，你不懂我的意思；我太客气，你又太调皮。我是说什么人叫他们奏的。

仆人　呃，老爷，是我的主人帕里斯叫他们奏的，他就在里面；那位人间的维纳斯，美的心血，爱的微妙的灵魂，也陪着他在一起。

潘达洛斯　谁，我的甥女克瑞西达吗？

仆人　不，老爷，是海伦；您听了我形容她的话还不知道吗？

潘达洛斯　朋友，看来你还没有见过克瑞西达小姐。我是奉特洛伊罗斯王子之命来见帕里斯的；我的事情急得像热锅里的沸水，来不及等你进去通报了。

仆人　好个热锅上的蚂蚁！呀，一句陈词滥调罢了！

　　　　　帕里斯及海伦率侍从上。

潘达洛斯　您好，我的好殿下，这些好朋友们都好！愿美好的欲望好好地领导他们！您好，我的好娘娘！愿美好的思想做您的美好的枕头！

海伦 好大人，您满嘴都是好话。

潘达洛斯 谢谢您的谬奖，好娘娘。好殿下，刚才的音乐很好，很好的杂色合奏呢。

帕里斯 是被你搀杂的，贤卿；现在要你加进来，奏得和谐起来。耐儿①，他是很懂得和声的呢。

潘达洛斯 真的，娘娘，没有这回事。

海伦 啊，大人！

潘达洛斯 粗俗得很，真的，粗俗不堪。

帕里斯 说得好，我的大人！你真说得好听。

潘达洛斯 好娘娘，我有事情要来对殿下说。殿下，您允许我跟您说句话吗？

海伦 不，您不能这样赖过去。我们一定要听您唱歌。

潘达洛斯 哎，好娘娘，您在跟我开玩笑啦。可是，殿下，您的令弟特洛伊罗斯殿下——

海伦 潘达洛斯大人，甜甜蜜蜜的大人——

潘达洛斯 算了，好娘娘，算了。——叫我向您致意问候。

海伦 您不能赖掉我们的歌；要是您不唱，我可要生气了。

潘达洛斯 好娘娘，好娘娘！真是位好娘娘。

海伦 叫一位好娘娘生气是一件大大的罪过。

潘达洛斯 不，不；不，哪儿的话，哪儿的话，哈哈！殿下，他要我对您说，晚餐的时候王上要是问起他，请您替他推托

---

①耐儿（Nell），海伦的爱称。

特
洛
伊
罗
斯
与
克
瑞
西
达

145

一下。

海伦 潘达洛斯大人？——

潘达洛斯 我的好娘娘，我的顶好的好娘娘怎么说？

帕里斯 他有些什么要公？今晚他在什么地方吃饭？

海伦 可是，大人——

潘达洛斯 我的好娘娘怎么说？——我那位殿下要生你的气了。我不能让您知道他在什么地方吃饭。

帕里斯 我可以拿我的生命打赌，他一定是到那位富有风趣的克瑞西达那儿去啦。

潘达洛斯 不，不，哪有这样的事；您真是说笑话了。那位富有风趣的婢子在害病呢。

帕里斯 好，我就替他捏造一个托辞。

潘达洛斯 是，我的好殿下。您为什么要说克瑞西达呢？不，这个婢子在害病呢。

帕里斯 我早就看出来了。

潘达洛斯 您看出来了！您看出什么来啦？来，给我一件乐器。好娘娘，请听吧。

海伦 呵，这样才对。

潘达洛斯 我这位外甥女一心只想着一件东西，这件东西，好娘娘，您倒是有了。

海伦 我的大人，只要她所想要的不是我的丈夫帕里斯，什么都可以给她。

潘达洛斯 哈！她不会要他；他两人只是彼此彼此。

海伦 生过了气，和好如初，"彼此"两人就要变成三人了。

潘达洛斯 算了，算了，不谈这些；我来唱一支歌给您听吧。

海伦　好，好，请你快唱吧。好大人，你的额角长得很好看哩。

潘达洛斯　啊，谬奖谬奖。

海伦　你要给我唱一支爱情的歌；这个爱情要把我们一起葬送了。

啊，丘匹德，丘匹德，丘匹德！

潘达洛斯　爱情！啊，很好，很好。

帕里斯　对了，爱情，爱情，只有爱情是一切！

潘达洛斯　这支歌正是这样开始的：（唱）

爱情，爱情，只有爱情是一切！

爱情的宝弓，射雌也射雄；

爱情的箭锋，射中了心胸，

不会伤人，只叫人心头火热，

那受伤的恋人痛哭哀号，

啊！啊！啊！这一回性命难逃！

等会儿他就要放声大笑，

哈！哈！哈！爱情的味道真好！

暂时的痛苦呻吟，啊！啊！啊！

变成了一片笑声，哈！哈！啥！

咳呵！

海伦　嗳哟，他的鼻尖儿都在恋爱哩。

帕里斯　爱人，他除了鸽子以外什么东西都不吃；一个人多吃了
鸽子，他的血液里会添加热力，血液里添加热力便会激动
情欲，情欲激动了便会胡思乱想，胡思乱想的结果就是玩
女人闹恋爱。

潘达洛斯　这就是恋爱的产生经过吗？而这些经过不就是《圣经》
里所说的毒蛇吗？好殿下，今天是什么人上阵？

帕里斯　赫克托、得伊福玻斯、赫勒诺斯、安忒诺以及所有特洛亚的英雄们都去了；我本来也想去的，可是我的耐儿不放我走。我的兄弟特洛伊罗斯为什么不去？

海伦　他噘起了嘴唇，好像有些什么心事似的。潘达洛斯大人，您一定什么都知道。

潘达洛斯　哪儿的话，甜甜蜜蜜的娘娘。我很想听听他们今天打得怎样。您会记得替令弟设辞推托吗？

帕里斯　我记得就是了。

潘达洛斯　再会，好娘娘。

海伦　替我问候您的甥女。

潘达洛斯　是，好娘娘。（下；归营号声。）

帕里斯　他们从战场上回来了，我们到普里阿摩斯的大厅上去迎接这一群战士吧。亲爱的海伦，我必须请求你帮助我们的赫克托卸下他的甲胄；他的坚强的带扣，利剑的锋刃和希腊人的武力都不能把它打开，却不能抵抗你的纤指的魔力；你的力量胜过希腊诸岛所有的国王。替伟大的赫克托卸除他的甲胄吧。

海伦　帕里斯，我能够做他的仆人是莫大的荣幸；为他服役的光荣，比我们天生的美貌更值得夸耀。

帕里斯　亲爱的，我爱你爱到了不可思议的地步。（同下。）

第二场　同前。潘达洛斯的花园

潘达洛斯及特洛伊罗斯的侍童自相对方向上。

潘达洛斯 啊！你的主人呢？在我的甥女克瑞西达家里吗？

侍童 不，老爷；他等着您带他去呢。

     特洛伊罗斯上。

潘达洛斯 啊！他来了。怎么！怎么！

特洛伊罗斯 孩子，走开。（侍童下。）

潘达洛斯 您见过我的甥女吗？

特洛伊罗斯 不，潘达洛斯；我在她的门口踯躅，像一个站在冥河边岸的游魂，等待着渡船的接引。啊！请你做我的船夫卡戎①，赶快把我载到得救者的乐土中去，让我徜徉在百合花的中央！好潘达洛斯啊！请你从丘匹德的肩背上拔下他的彩翼来，陪着我飞到克瑞西达身边去吧！

潘达洛斯 您在这园子里随便玩玩。我立刻就去带她来。（下。）

特洛伊罗斯 我觉得眼前迷迷糊糊的，期望使我的头脑打着回旋。想像中的美味是这样甘芳，它迷醉了我的神经。要是我的生津的齿颊果然尝到了经过三次提炼的爱情的旨酒，那该怎样呢？我怕我会死去，昏昏沉沉地倒下去不再醒来；我怕那种太微妙渊深的快乐，调和在太芳冽的甘美里，不是我的粗俗的感官所能禁受；我怕，我更怕在无边的幸福之中，我会失去一切的知觉，正像大军冲锋、敌人披靡的时候，每个人忘记了自己一样。

     潘达洛斯重上。

潘达洛斯 她正在打扮；她就要来了；您说话可要机灵点儿。她怕难为情怕得了不得，慌张得气都喘不过来，好像给一个

---

①卡戎（Charon），希腊神话中渡亡魂过冥河到冥府去的船夫。

鬼附上了身似的。我就去带她来。她真是个顶可爱的坏东西；就像一头刚给人捉住的麻雀似的慌张得喘不过气来。（下。）

特洛伊罗斯　我自己的心里也感到了这样一种情绪；我的心跳得比一个害热病的人的脉搏还快；我的一切感官都失去了作用，正像臣仆在无意中瞥见了君王威严的眼光一样。

潘达洛斯偕克瑞西达重上。

潘达洛斯　来，来，有什么害羞呢？小孩子才怕难为情。他就在这儿呢。把您向我发过的誓当着她的面再发一遍吧。怎么！你又要回去了吗？你在没有给人家驯服以前，一定要有人看守着吗？来吧，来吧，要是你再退回去，我们可要把你像一匹马似的套在辕木里了。您为什么不对她说话呢？来，打开这一块面纱，好给我们看看你的美容。呵，你何必这样不肯得罪一下日光呀！天黑了，你更要马上遮掩起来呢。好了，好了，赶快趁此将上一军吧。这才对了！一吻就定了终身！经营起来；多么甜美呵。让你们两颗心去扭成一团吧，莫等我把你们扯开了就迟了。真是英雄美人，好一双天配良缘；真不错，真不错。

特洛伊罗斯　姑娘，您使我一句话也说不出来了。

潘达洛斯　相思债是不能用说话去还清的，你还是给她一些行动吧，不要又是一动也不动的。怎么！又在亲嘴了吗？好，"良缘永缔，互结同心，"——进来吧，进来吧；我先去拿个火来。（下。）

克瑞西达　请进去吧，殿下。

特洛伊罗斯　啊，克瑞西达！我好容易盼望到这一天！

克瑞西达　盼望，殿下！但愿——啊，殿下！

特洛伊罗斯　但愿什么？为什么，您又不说下去了？我的亲爱的姑娘在我们爱的灵泉里发现什么渣滓了？

克瑞西达　要是我的恐惧是生眼睛的，那么我看见的渣滓比泉水还多。

特洛伊罗斯　恐惧可以使天使变成魔鬼，它所看到的永远不是真实。

克瑞西达　盲目的恐惧有明眼的理智领导，比之凭着盲目的理智毫无恐惧地横冲直撞，更容易找到一个安全的立足点；倘能时时忧虑着最大的不幸，那么在较小的不幸来临的时候往往可以安之若素。

特洛伊罗斯　啊！让我的爱人不要怀着丝毫恐惧；在爱神导演的戏剧里是没有恶魔的。

克瑞西达　也没有可怕的巨人吗？

特洛伊罗斯　没有，只有我们自己才是可怕的巨人，因为我们会发誓泪流成海，入火吞山，驯伏猛虎，凡是我们的爱人所想得到的事，我们都可以做到。姑娘，这就是恋爱的可怕的地方，意志是无限的，实行起来就有许多不可能；欲望是无穷的，行为却必须受制于种种束缚。

克瑞西达　人家说恋人们发誓要做的事情，总是超过他们的能力，可是他们却保留着一种永不实行的能力；他们发誓做十件以上的事，实际做到的还不满一件事的十分之一。这种声音像狮子、行动像兔子一样的家伙，可不是怪物吗？

特洛伊罗斯　果然有这样的怪物吗？我可不是这样。请您考验了我以后，再来估计我的价值吧；当我没有用行为证明我的爱情以前，我是不愿戴上胜利的荣冠的。一个人要继承产业，在没有到手之前不必得意；出世以前，谁也无从断定一个人的功绩，并且，一旦出世，他的名位也不会太高。为了真心的爱，让我简单讲一两句话。特洛伊罗斯将会向克瑞西达证明，一切出于恶意猜嫉的诽谤，都不足以诬蔑他的忠心；真理所能宣说的最真实的言语，也不会比特洛伊罗斯的爱情更真实。

克瑞西达 请进去吧，殿下。

潘达洛斯重上。

潘达洛斯 怎么！还有点不好意思吗？你们的话还没有说完吗？

克瑞西达 好，舅舅，要是我干下了什么错事，那都是您不好。

潘达洛斯 那么要是你给殿下生下了一位小殿下，你就把他抱来给我好了。你对殿下要忠心；他要是变了心，你尽管骂我。

特洛伊罗斯 令舅的话，和我的不变的忠诚，都可以给您做保证。

潘达洛斯 我也可以替她向您保证：我们家里的人都是不轻易许诺的，可是一旦许身于人，便永远不会变心，就像芒刺一样，碰上了身，再也掉不下来。

克瑞西达 我现在已经有了勇气：特洛伊罗斯王子，我朝思暮想，已经苦苦地爱着您几个月了。

特洛伊罗斯 那么我的克瑞西达为什么这样不容易征服呢？

克瑞西达 似乎不容易征服，可是，殿下，当您第一眼看着我的时候，我早就给您征服了——恕我不再说下去，要是我招认得太多，您会看轻我的。我现在爱着您；可是直到现在为止，我还能够控制我自己的感情；不，说老实话，我说了谎了；我的思想就像一群顽劣的孩子，倔强得不受他们

152

母亲的管束。瞧，我们真是些傻瓜！为什么就要唠唠叨叨说这些话呢？要是我们不能替自己保守秘密，谁还会对我们忠实呢？可是我虽然这样爱您，却没有向您求爱；然而说老实话，我却希望我自己是个男子，或者我们女子也像男子一样有先启口的权利。亲爱的，快叫我止住我的舌头吧；因为我这样得意忘形，一定会说出使我后悔的话来。瞧，瞧！您这么狡猾地一声不响，已经使我从我的脆弱当中流露出我的内心来了。封住我的嘴吧。

特洛伊罗斯 好，虽然甜蜜的音乐从您嘴里发出，我愿意用一吻封住它。

潘达洛斯 妙得很，妙得很。

克瑞西达 殿下，请您原谅我；我并不是有意要求您吻我；真是怪羞人的！天哪！我做了什么事啦？现在我真的要告辞了，殿下。

特洛伊罗斯 告辞了，亲爱的克瑞西达？

潘达洛斯 告辞！你就是告辞到明天早晨，还会跟他在一起的。

克瑞西达 请您不要多说。

特洛伊罗斯 姑娘，什么事情使您生气了？

克瑞西达 我讨厌我自己。

特洛伊罗斯 您可不能逃避您自己。

克瑞西达 让我试一试。我有另外一个自己跟您在一起，可是它是无情的，宁愿离开它自己，去受别人的愚弄。我真的要走了；我的智慧掉在什么地方了？我自己也不知道自己在说些什么话。

特洛伊罗斯 说着这样聪明话的人，是不会不知道自己所说的话的。

克瑞西达 殿下，也许您会以为我所吐露的不是真情，我不过在耍着手段，故意用这种不害羞的招认，来试探您的意思，可是您是个聪明人，否则您也许不在恋爱，因为智慧和爱情只有在天神的心里才会同时存在，人们是不能兼而有之的。

特洛伊罗斯 啊！要是我能够相信一个女人会永远点亮她的爱情的不灭的明灯，保持她的不变的忠心和不老的青春，她那永远美好的灵魂不会随着美丽的外表同归衰谢；只要我能够相信我对您的一片至诚和忠心，会换到您的同样纯洁的爱情，那时我将要怎样地欢欣鼓舞呢！可是唉！我的忠心是这样单纯，比赤子之心还要简单而纯朴。

克瑞西达 在那一点上我要跟您互相竞争。

特洛伊罗斯 啊，当两种真理为了互争高下而相战的时候，那是一场多么道义的战争！从今以后，世上真心的情郎们都要以特洛伊罗斯为榜样；当他们充满了声诉、盟誓和夸大的比拟的诗句中缺少新的譬喻的时候，当他们厌倦于那些陈陈相因的套语，例如：像钢铁一样坚贞，像草木对于月亮、太阳对于白昼、斑鸠对于她的配偶一样忠心——当他们用尽了这一切关于忠诚的譬喻，而希望援引一个更有力的例证的时候，他们便可以加上一句说，"像特洛伊罗斯一样忠心。"

克瑞西达 愿您的话成为预言！要是我变了心，或者有一丝不忠不贞的地方，那么当时间变成古老而忘记了它自己的时候，当特洛亚的岩石被水珠滴烂、无数的城市被盲目的遗忘所吞噬、无数强大的国家了无痕迹地化为一堆泥土的时候，让我的不贞继续存留在人们的记忆里，永远受人唾骂！当他们说过了"像空气、像水、像风、像沙土一样轻浮；像狐狸对于羔羊、豺狼对于小牛、豹子对于母鹿、继母对于前妻的儿子一样虚伪"以后，让他们举出一个最轻浮最虚伪的榜样来，说，"像克瑞西达一样负心。"

潘达洛斯　好，交易已经作成，两方面盖个印吧；来，来，我替你们做证人。这儿我握着您的手，这儿我握着我甥女的手。我这样辛辛苦苦把你们两人拉在一起，要是你们中间无论哪一个变了心，那么从此以后，让世上所有可怜的媒人们都叫着我的名字，直到永远！让一切忠心的男人都叫做特洛伊罗斯，一切负心的女子都叫做克瑞西达，一切做媒的人都叫做潘达洛斯！大家说阿门。

特洛伊罗斯　阿门。

克瑞西达　阿门。

潘达洛斯　阿门。现在我要带你们到一间房间里去，那里面还有一张眠床；那张床是不会泄漏你们的秘密的，你们尽管去成其美事吧。去！（同下。）

第三场　希腊营地

　　　阿伽门农、俄底修斯、狄俄墨得斯、涅斯托、埃阿斯、墨涅拉俄斯及卡尔卡斯上。

卡尔卡斯　各位王子，为了我替你们所做的事情，现在我可以向你们要求报偿了。请你们想一想，我因为审察未来的大势，决心舍弃特洛亚，丢下了我的家产，顶上一个叛逆的名字；牺牲了现成的安稳的地位，来追求不可知的命运；抛开了我所习惯的一切，到这举目生疏的地方来替你们尽力：你们曾经允许给我许多好处，现在我只要求你们让我略沾小惠，想来你们总不会拒绝我吧。

阿伽门农　特洛亚人，你要向我们要求什么？说吧。

卡尔卡斯　你们昨天捉来了一个特洛亚的俘虏，名叫安忒诺；特洛亚对他是很重视的。你们常常要求他们拿我的女儿克瑞西达来交换被俘的特洛亚重要将士，可是特洛亚总是加以拒绝；据我所知，这个安忒诺在特洛亚军中是一个很重要的人物，一切事务倘没有他去处理，都要陷于停顿，他们甚至于愿意拿一个普里阿摩斯亲生的王子来和他交换；各位殿下，把他送回去，交换我的女儿来吧，只要让我瞧见她一面，就可以补偿我替你们所尽的一切劳力了。

阿伽门农　让狄俄墨得斯把他送去，带克瑞西达回来吧；卡尔卡斯的要求可以让他得到满足。狄俄墨得斯，你去准备好这一次交换所需要的一切，同时带个信去，问一声赫克托明天是不是预备决战，埃阿斯已经预备好了。

狄俄墨得斯　我愿意担负这一个使命，并且认为这是莫大的光荣。

（狄俄墨得斯、卡尔卡斯同下。）

阿喀琉斯及帕特洛克罗斯自帐内走出。

俄底修斯　阿喀琉斯正在他的帐前站着，请元帅在他面前走过去，理也不要理他，就好像忘记了他是个什么人似的；各位王子也都对他装出一副冷淡的态度。让我在最后走过，他一定会问我，为什么人家都向他投掷这样轻蔑的眼光；那时我就借你们的冷淡做题目，对他的骄傲发出一些意含针砭的讥讽，使他不能不饮下我给他的这一服清心药剂。这服药也许会发生效力。要一个骄傲的人看清他自己的嘴脸，只有用别人的骄傲给他做镜子；倘然向他卑躬屈节，只会助长他的气焰，徒然自取其辱。

阿伽门农 我就依照你的计策而行，当我走过他身旁的时候，故意装出一副冷淡的神气；每一位将军也都要这样，或者不理他，或者用轻蔑的态度向他打个招呼，那是会比完全不理他更使他难堪的。大家跟着我来。

阿喀琉斯 怎么！元帅又要来找我说话了吗？您知道我的意思，我是不愿再跟特洛亚人打仗的了。

阿伽门农 阿喀琉斯说些什么？他有什么事要跟我说？

涅斯托 将军，您有什么事要对元帅说吗？

阿喀琉斯 没有。

涅斯托 元帅，他说没有。

阿伽门农 那再好没有了。（阿伽门农、涅斯托同下。）

阿喀琉斯 早安，早安。

墨涅拉俄斯 您好？您好？（下。）

阿喀琉斯 怎么！那忘八也瞧不起我吗？

埃阿斯 啊，帕特洛克罗斯！

阿喀琉斯 早安，埃阿斯。

埃阿斯 嘿？

阿喀琉斯 早安。

埃阿斯 是，是，早安，早安。（下。）

阿喀琉斯 这些家伙都是什么意思？他们不认识阿喀琉斯了吗？

帕特洛克罗斯 他们大模大样地走了过去。从前他们一看见阿喀琉斯，总是鞠躬如也，笑脸相迎，那一副恭而敬之的神气，就像礼拜神明一样。

阿喀琉斯 怎么！难道我的威风已经衰落了吗？大丈夫在失欢于命运以后，不用说会被众人所厌弃，他可以从别人的眼睛里看到他自己的没落；因为人们都是像蝴蝶一样，只会向炙手可热的夏天蹁跹起舞；在他们的俗眼之中，只有富贵尊荣，这一些不一定用才能去博得的身外浮华，才是值得敬重的；当这些不足恃的浮华化为乌有的时候，人们的敬意也就会烟消云散。可是我还没有到这样的地步，命运依然是我的朋友，我依然充分享受着我所有的一切，只有这些人却对我改变了态度，我想他们一定对我有什么不满意的地方。俄底修斯也来了，他在读些什么；待我前去打断他的诵读。啊，俄底修斯！

俄底修斯 啊，阿喀琉斯！

阿喀琉斯 你在读些什么？

俄底修斯 有一个不认识的人写给我这样几句话："无论一个人的天赋如何优异，外表或内心如何美好，也必须在他的德性的光辉照耀到他人身上发生了热力、再由感受他的热力的人把那热力反射到自己身上的时候，才能体会到他本身的价值的存在。"

阿喀琉斯 这没有什么奇怪，俄底修斯！一个人看不见自己的美貌，他的美貌只能反映在别人的眼里；眼睛，那最灵敏的感官，也看不见它自己，只有当自己的眼睛和别人的眼睛相遇的时候，才可以交换彼此的形象，因为视力不能反及自身，除非把自己的影子映在可以被自己看见的地方。这事一点也不足为怪。

俄底修斯　我并不重视这一种很普通的道理，可是我不懂写这几句话的人的用意；他用迂回婉转的说法，证明一个人无论禀有着什么奇才异能，倘然不把那种才能传达到别人的身上，他就等于一无所有；也只有在把才能发展出去以后所博得的赞美声中，才可以认识他本身的价值，正像一座穹窿把声音弹射回来，又像一扇迎着阳光的铁门，反映出太阳所投射的形状，同时吐发出它所吸收的热力一样。他这番话很引起了我的思索，使我立刻想起了没没无闻的埃阿斯。天哪，这是一个多好的汉子！真是一匹轶群的骏马，他的奇才还没有为他自己所发现。天下真有这样被人贱视的珍宝！也有毫无价值的东西，反会受尽世人的赞赏！明天我们可以看见埃阿斯在无意中得到一个大显身手的机会，从此以后，他的威名将要遍传人口了。天啊！有些人会乘着别人懈怠的时候，干出怎样一番事业！有的人悄悄地钻进了反复无常的命运女神的厅堂，有的人却在她的眼中扮演着痴人！有的人利用着别人的骄傲而飞黄腾达，有的人却因为骄傲而使他的地位一落千丈！瞧这些希腊的将军们！他们已经在那儿拍着粗笨的埃阿斯的肩膀，好像他的脚已经踏在勇敢的赫克托的胸口，强大的特洛亚已经濒于末日了。

阿喀琉斯　我相信你的话，因为他们走过我的身旁，就像守财奴看见叫化子一样，没有一句好话，也没有一张好脸。怎

特洛伊罗斯与克瑞西达

159

么！难道我的功劳都已经被人忘记了吗？

俄底修斯 　将军，时间老人的背上负着一个庞大的布袋，那里面装满着被寡恩负义的世人所遗忘的丰功伟绩；那些已成过去的美绩，一转眼间就会在人们的记忆里消失。只有继续不断的前进，才可以使荣名永垂不替；如果一旦罢手，就会像一套久遭搁置的生锈的铠甲，谁也不记得它的往日的勋劳，徒然让它的不合时宜的式样，留作世人揶揄的资料。不要放弃眼前的捷径，光荣的路是狭窄的，一个人只能前进，不能后退；所以你应该继续在这一条狭路上迈步前进，因为无数竞争的人都在你的背后，一个紧追着一个；要是你略事退让，或者闪在路旁，他们就会像汹涌的怒潮一样直冲过来，把你遗弃在最后；又像一匹落伍的骏马，倒在地上，下驷的驽骀都可以追在它的前面，从它的身上践踏过去。那时候人家现在所做的事，虽然比不上你从前所做的事，但是你的声名却要被他们所掩盖，因为时间正像一个趋炎附势的主人，对于一个临去的客人不过和他略微握一握手，对于一个新来的客人，却伸开了两臂，飞也似的过去抱住他；欢迎是永远含笑的，告别总是带着叹息。啊！不要让德行追索它旧日的酬报，因为美貌、智慧、门第、膂力、功业、爱情、友谊、慈善，这些都要受到无情的时间的侵蚀。世人有一个共同的天性，他们一致赞美新制的玩物，虽然它们原是从旧有的材料改造而成的；他们宁愿拂拭发着亮光的金器，却不去过问那被灰尘掩蔽了光彩的金器。人们的眼睛只能看见现在，他们所赞赏的也只有眼前的人物；所以不用奇怪，你伟大的完人，一切希腊人都在开始崇拜埃阿斯，因为活动的东西是比停滞不动的东西更容易引人注目的。众人的属望曾经集于你的身上，要是你不把你自己活活埋葬，把你的威名收藏在你的营帐里，那么你也未始不可恢复旧日的光荣；不久以前，你那在战场上的赫赫声威，是曾经使天神为之侧目的。

阿喀琉斯　我这样深居简出，却有极充分的理由。

俄底修斯　可是有更充分、更有力的理由反对你的深居简出。阿喀琉斯，人家都知道你恋爱着普里阿摩斯的一个女儿。

阿喀琉斯　嘿！人家都知道！

俄底修斯　你以为那很奇怪吗？什么事情都逃不过旁观者的冷眼；渊深莫测的海底也可以量度得到，潜藏在心头的思想也会被人猜中。国家事务中往往有一些秘密，是任何史乘所无法发现的。你和特洛亚人之间的关系，我们是完全明白的；可是阿喀琉斯倘然是个真正的英雄，他就应该去把赫克托打败，不应该把波吕克塞娜①丢弃不顾。要是现在小小的皮洛斯在家里听见了光荣的号角在我们诸岛上吹响，所有的希腊少女们都在跳跃欢唱，"伟大的赫克托的妹妹征服了阿喀琉斯，可是我们的伟大的埃阿斯勇敢地把他打倒，"那时候他的心里该是多么难受。再见，将军，我对你这样说完全是出于好意；留心你脚底下的冰块，不要让一个傻子从这上面滑了过去，你自己却把它踹碎了。（下。）

帕特洛克罗斯　阿喀琉斯，我也曾经这样劝告过您。一个男人在

---

①波吕克塞娜（Polyxena），普里阿摩斯的女儿，为阿喀琉斯所恋。

需要行动的时候优柔寡断，没有一点丈夫的气概，比一个卤莽粗野、有男子气概的女子更为可憎。人家常常责怪我，以为我对于战争的厌恶以及您对于我的亲密的友谊，是使您懈怠到现在这种样子的根本原因。好人，振作起来吧；只要您振臂一呼，那柔弱轻佻的丘匹德就会从您的颈上放松他的淫荡的拥抱，像雄狮鬣上的一滴露珠似的，摇散在空气之中。

阿喀琉斯　埃阿斯要去和赫克托交战吗？

帕特洛克罗斯　是的，也许他会在他身上得到极大的荣誉。

阿喀琉斯　我的声誉已经遭到极大的危险，我的威名已经受到严重的损害。

帕特洛克罗斯　啊！那么您要留心，自己加于自己的伤害是最不容易治疗的；忽略了应该做的事，往往会引起危险的后果，这种危险就像寒热病一样，会在我们向阳闲坐的时候侵袭到我们的身上。

阿喀琉斯　好帕特洛克罗斯，去把忒耳西忒斯叫来；我要差这傻瓜去见埃阿斯，请他在决战完毕以后，邀请特洛亚的骑士们到我们这儿来，大家便服相见。我简直像一个女人似的害着相思，渴想着会一会卸除武装的赫克托，跟他握手谈心，把他的面貌瞧一个清楚。——他来得正好！

　　　　　　　忒耳西忒斯上。

忒耳西忒斯　怪事，怪事！

阿喀琉斯　什么怪事？

忒耳西忒斯　埃阿斯在战场上走来走去，像失了魂似的。

阿喀琉斯　是怎么一回事？

忒耳西忒斯　他明天必须单人匹马去和赫克托交战；他因为预想到这一场英勇的厮杀，骄傲得了不得，所以满口乱嚷乱叫，却没有说出一句话来。

阿喀琉斯　怎么会有这样的事？

忒耳西忒斯　他跨着大步，像一只孔雀似的走来走去，踱了一步又立定了一会儿；他那满腹心事的样子，就像一个在脑子里打算盘的女店主在那儿计算她的账目；他咬着嘴唇，装出一副深谋远虑的神气，好像说，"我这儿有一脑袋的神机妙算，你们等着瞧吧；"他说得不错，可是他那脑袋里的智慧，就像打火石里的火花一样，不去打它是不肯出来的。这家伙一辈子算是完了；因为赫克托倘不在交战的时候扭断他的头颈，凭着他那股摇头摆脑的得意劲儿，也会把自己的头颈摇断的。他已经不认识我；我说，"早安，埃阿斯；"他却回答我，"谢谢，阿伽门农。"你们看他还算个什么人，会把我当作元帅！他简直变成了一条失水的鱼儿，一个不会说话的怪物啦。自以为了不起！就像一件皮背心一样，两面都好穿。

阿喀琉斯　忒耳西忒斯，你必须做我的使者，替我带一个信给他。

忒耳西忒斯　谁，我吗？嘿，他见了谁都不睬；他不愿意回答人家；只有叫化子才老是开口；他的舌头是长在臂膀上的。我可以扮做他的样子，让帕特洛克罗斯向我提出问题，你们就可以瞧瞧埃阿斯是怎么样的。

阿喀琉斯　帕特洛克罗斯，对他说：我恭恭敬敬地请求英武的埃阿斯邀请骁勇无比的赫克托便服到敝寨一叙；关于他的身体上的安全，我可以要求慷慨宽宏、声名卓著、高贵尊荣的希

163

腊军大元帅阿伽门农特予保证，等等，等等。你这样说吧。

帕特洛克罗斯　乔武大神祝福伟大的埃阿斯！

忒耳西忒斯　哼！

帕特洛克罗斯　我奉尊贵的阿喀琉斯的命令前来——

忒耳西忒斯　嘿！

帕特洛克罗斯　他，恭恭敬敬地请求您邀请赫克托到他的寨内
　　一叙——

忒耳西忒斯　哼！

帕特洛克罗斯　他可以从阿伽门农取得安全通行的保证。

忒耳西忒斯　阿伽门农！

帕特洛克罗斯　是，将军。

忒耳西忒斯　嘿！

帕特洛克罗斯　您的意思怎样？

忒耳西忒斯　愿上帝和你同在。

帕特洛克罗斯　您的答复呢，将军？

忒耳西忒斯　明天要是天晴，那么在十一点钟的时候，一定可以
　　见个分晓；可是他即使得胜，我也要叫他付下重大的代价。

帕特洛克罗斯　您的答复呢，将军？

忒耳西忒斯　再见，再见。

阿喀琉斯　啊，难道他就是这么一副腔调吗？

忒耳西忒斯　不，他简直是脱腔走调；我不知道赫克托捶破了他
　　的脑壳以后，他还会唱些什么调调儿出来；不过我想他是
　　不会有什么调调儿唱出来的，除非阿波罗抽了他的筋去做
　　琴弦。

阿喀琉斯　来，你必须立刻替我去送一封信给他。

忒耳西忒斯　让我再带一封去给他的马吧；比较起来，还是他的马有些知觉哩。

阿喀琉斯　我心里很乱，就像一池搅乱了的泉水，我自己也看不见它的底。（阿喀琉斯、帕特洛克罗斯同下。）

忒耳西忒斯　但愿你那心里的泉水再清澈起来，好让我把我的驴子牵下去喝几口水！我宁愿做一只羊身上的虱子，也不愿做这么一个没有头脑的勇士。（下。）

特洛伊罗斯与克瑞西达

第四幕

第一场　特洛亚。街道

埃涅阿斯及仆人持火炬自一方上；帕里斯、得伊福玻斯、安忒诺、狄俄墨得斯及余人等各持火炬自另一方上。

帕里斯　瞧！喂！那儿是谁？

得伊福玻斯　那是埃涅阿斯将军。

埃涅阿斯　那一位是帕里斯王子吗？要是我也安享着像您这样的艳福，除非有天大的事情，什么也不能叫我离开我床头的伴侣的。

狄俄墨得斯　我也这样想呢。早安，埃涅阿斯将军。

帕里斯　埃涅阿斯，这是一位勇敢的希腊人，你跟他拉拉手吧。你不是说过，狄俄墨得斯曾经有整整一个星期在战场上把你纠缠住不放吗？现在你可以仔细瞧瞧他的面貌了。

埃涅阿斯　在我们继续休战的期间，勇敢的将军，我愿意祝您健康；可是当我们戎装相见的时候，我对您只有不共戴天的敌忾。

狄俄墨得斯　狄俄墨得斯对于您的友情和敌意，都同样欣然接受。当我们现在心平气和的时候，请您许我向您还祝健康；可是我们要是在战场上角逐起来，那么乔武在上，我要用我全身的力量和计谋，来夺取你的生命。

埃涅阿斯　你将要猎逐一头狮子，当它逃走的时候，是用它的脸奔向敌人的。现在我却用善意的温情，欢迎你到特洛亚来！凭着维纳斯的玉手起誓，世上没有人会像我一样爱着他所准备杀死的东西。

狄俄墨得斯　我们的想法完全一样。乔武，要是埃涅阿斯的末日不就是我的宝剑的光荣，那么愿他活到千秋万岁吧！可是当我们为了光荣而互相争斗的时候，那么愿他明天就死去，而且每一处骨节上都留着一个伤痕！

埃涅阿斯　我们真是知己相逢。

狄俄墨得斯　正是；我们更希望下一次相逢的时候，彼此互成仇敌。

帕里斯　像这样满含着敌意的热烈欢迎，像这样无上高贵的充满仇恨的友情，真是我平生所未闻。将军，你有什么事起得这样早？

埃涅阿斯　王上叫我去，可是我不知道为了什么事。

帕里斯　这儿就是他所要叫你干的事：你带着这位希腊人到卡尔卡斯的家里，在那里把美丽的克瑞西达交给他，以交换他们放回来的安忒诺。你可以陪着我们一块儿去；否则你先

特洛伊罗斯与克瑞西达

走一步也可以。我总是觉得——也可以说的确相信——我的兄弟特洛伊罗斯昨天晚上在那里过夜；你就把他叫醒起来，通知他我们就要来了，同时把一切情形告诉他。我怕我们此去是一定非常不受欢迎的。

埃涅阿斯 那还用说吗？特洛伊罗斯宁愿让希腊人拿了特洛亚去，也不愿让克瑞西达被人从特洛亚带走。

帕里斯 那也没有办法；时势所迫，不得不然。请吧，将军；我们随后就来。

埃涅阿斯 那么各位早安！（下。）

帕里斯 告诉我，尊贵的狄俄墨得斯，像一个好朋友似的老实告诉我，照您看起来，我跟墨涅拉俄斯两个人究竟是谁更配得上美丽的海伦？

狄俄墨得斯 你们两人都差不多。一个不以她的失节为嫌，费了这么大的力气想要把她追寻回来；一个也不以舐人唾余为耻，不惜牺牲了如许的资财将士，把她保留下来。他像一个懦弱的忘八似的，甘心喝下人家残余的无味的糟粕；您像一个好色之徒似的，愿意让她淫荡的身体生育您的后嗣。照这样比较起来，你们正是一个半斤，一个八两。

帕里斯 您把您的同国的姊妹说得太不堪了。

狄俄墨得斯 她太对不起她的祖国了。听我说，帕里斯，在她的淫邪的血管里，每一滴负心的血液，都有一个希腊人为它而丧失了生命；在她的腐烂的尸体上，每一分、每一厘的皮肉，都有一个特洛亚人为它而暴骨沙场。自从她牙牙学语以来，她所说过的好话的数目，还抵不上死在她手里的希腊人和特洛亚人的总数。

帕里斯　好，狄俄墨得斯，您说的话就像一个做买卖的人似的，故意把您所要买的东西说得这样坏；可是我们却不愿多费唇舌，夸赞我们所要出卖的东西。请往这边走。（同下。）

第二场　同前。潘达洛斯家的庭前

特洛伊罗斯及克瑞西达上。

特洛伊罗斯　亲爱的，进去吧；早晨很冷呢。

克瑞西达　那么，我的好殿下，让我去叫舅舅下来，替您开门。

特洛伊罗斯　不要麻烦他；去睡吧，去睡吧；你那双可爱的眼睛已经倦得睁不开来，你的全身有一种软绵绵的感觉，好像一个没有思虑的婴孩似的。

克瑞西达　那么再会吧。

特洛伊罗斯　请你快去睡一会儿。

克瑞西达　您已经讨厌我了吗？

特洛伊罗斯　啊，克瑞西达！倘不是忙碌的白昼被云雀叫醒，惊起了无赖的乌鸦；倘不是酣梦的黑夜不再遮掩我们的欢乐，我是怎么也不愿离开你的。

克瑞西达　夜是太短了。

特洛伊罗斯　可恨的妖巫！对于心绪烦乱的人们，她会像地狱中的长夜一样逗留不去；对于欢会的恋人们，她就驾着比思想还快的翅膀迅速飞走。你再不进去，会受寒的，那时你又要骂我了。

克瑞西达　请您再稍留片刻吧；你们男人总是不肯多留一会儿的。

唉，好傻的克瑞西达！我应该继续推拒您的要求，那么您就不肯走开了。听！有人起来啦。

潘达洛斯 （在尔）怎么！这儿的门都开着吗？

特洛伊罗斯 这是你的舅舅。

克瑞西达 真讨厌！现在他又要来把我取笑了；叫人怪不好意思的！

　　　　　潘达洛斯上。

潘达洛斯 啊，啊！其味如何？喂，你这位大娘子！我的甥女克瑞西达呢？

克瑞西达 该死的坏舅舅，老是把人取笑！你自己害得我——现在却来讥笑我。

潘达洛斯 害得你怎样？害得你怎样？让她自己说，我害得你怎样？

克瑞西达 算了，算了，你这坏人！你自己永远做不出好事来，也不让人家做一个安安分分的人。

潘达洛斯 哈，哈！唉，可怜的东西！真是个傻丫头！昨天晚上没有睡觉吗？他这个坏家伙不让你睡吗？让妖精抓了他去！

克瑞西达 我不是对您说过吗？我恨不得打他一顿才痛快！（内叩门声）谁在打门？好舅舅，去瞧瞧。殿下，您再到我房里坐一会儿；您在笑我，好像我的话里头存着邪心似的。

特洛伊罗斯 哈哈！

克瑞西达 不，您弄错了，我没有转这种念头。（内叩门）他们把门擂得多急！请您快进去吧，我怎么也不愿让人家瞧见您在这儿。（特洛伊罗斯、克瑞西达同下。）

潘达洛斯 （往门口）是谁？什么事？你们要把门都打破了吗？怎么！什么事？

       埃涅阿斯上。

埃涅阿斯 早安，大人，早安。

潘达洛斯 是谁？埃涅阿斯将军！嗳哟，我人都不认识啦。您这么早来有什么见教？

埃涅阿斯 特洛伊罗斯王子在这儿吗？

潘达洛斯 在这儿？他在这儿干么？

埃涅阿斯 算了，大人，我知道他在这儿，您不用瞒我。我有一些对他很有关系的话要跟他说。

潘达洛斯 您说他在这儿吗？那么我可以发誓，我一点也不知道；我自己是很晚才回来的。他到这儿来干么呢？

埃涅阿斯 算了，算了，您这样替他遮掩，也许是对朋友的一片好心，可是对他没有什么好处。不管您知道不知道，快去叫他出来；去。

       特洛伊罗斯重上。

特洛伊罗斯 怎么！什么事？

埃涅阿斯 殿下，恕我少礼，我的事情很紧急；令兄帕里斯、得伊福玻斯、希腊来的狄俄墨得斯和被释归来的安忒诺都要来了。因为希腊人把安忒诺还给我们，所以我们必须在这一小时内，把克瑞西达姑娘交给狄俄墨得斯带回希腊，作为交换。

特洛伊罗斯 已经这样决定了吗？

埃涅阿斯 这件事情已经由普里阿摩斯和全体廷臣通过，立刻就要实行。

特洛伊罗斯　好容易如愿以偿，又变了一场梦幻！我要见他们去；埃涅阿斯将军，请你装作我们是偶然相遇的，不要说在这儿找到了我。

埃涅阿斯　很好，很好，殿下；我决不泄漏秘密。（特洛伊罗斯、埃涅阿斯同下。）

潘达洛斯　有这等事？刚才到手就丢了？魔鬼把安忒诺抓了去！这位小王子准要发疯了。该死的安忒诺！我希望他们扭断他的头颈！

克瑞西达重上。

克瑞西达　怎么！什么事？刚才是谁？

潘达洛斯　唉！唉！

克瑞西达　您为什么这样长叹？他呢？去了！好舅舅，告诉我，是怎么一回事？

潘达洛斯　我还是死了干净！

克瑞西达　天哪！是什么事？

潘达洛斯　你进去吧。你为什么要生到这世上来？我知道你会把他害死的。唉，可怜的王子！该死的安忒诺！

克瑞西达　好舅舅，我求求您，我跪在地上求求您，告诉我究竟发生了什么事。

潘达洛斯　你得走了，丫头，你得走了；人家拿安忒诺来换你来了。你必须到你父亲那儿去，不能再跟特洛伊罗斯在一起。他一定要伤心死的；他再也受不了的。

克瑞西达　啊，你们天上的神明！我是不愿意去的。

潘达洛斯　你非去不可。

克瑞西达　我不愿意去，舅舅。我已经忘记了我的父亲；我不知

172

道什么骨肉之情，只有亲爱的特洛伊罗斯才是我最亲近的亲人。神明啊！要是克瑞西达有一天会离开特洛伊罗斯，那么让她的名字永远被人唾骂吧！时间、武力、死亡，尽你们把我的身体怎样摧残吧；可是我的爱情的基础是这样坚固，就像吸引万物的地心，永远不会动摇的。我要进去哭了。

潘达洛斯 好，你去哭吧。

克瑞西达 我要扯下我的光亮的头发，抓破我的被人赞美的脸，哭哑我的娇好的喉咙，用特洛伊罗斯的名字捶碎我的心。我不愿离开特洛亚一步。（同下。）

第三场　同前。潘达洛斯家门前

帕里斯、特洛伊罗斯、埃涅阿斯、得伊福玻斯、安忒诺及狄俄墨得斯上。

帕里斯 天已经大亮，把她交给这位希腊勇士的预定时间很快就要到了。特洛伊罗斯，我的好兄弟，你去告诉这位姑娘她所应该做的事，催她赶快收拾一切，准备动身。

特洛伊罗斯 你们各位都跟我到她家里去；我立刻带她出来。当我把她交给这个希腊人的时候，请你把他的手当作一座祭坛，你的兄弟特洛伊罗斯是个祭司，把他自己的心挖出来作为献祭了。（下。）

帕里斯 我知道一个人在恋爱中的心理；可是我虽然老大不忍，却没有法子帮助他！各位将军，请进去吧。（同下。）

第四场　同前。潘达洛斯家中一室

潘达洛斯及克瑞西达上。

潘达洛斯　别太伤心啦，别太伤心啦。

克瑞西达　你为什么叫我别太伤心呢？我所感到的悲哀是这样地深刻、广泛、透彻而强烈，我怎么能够把它压抑下去呢？要是我可以节制我的感情，或是把它的味道冲得淡薄一点，那么也许我也可以节制我的悲哀；可是我的爱是不容许掺入任何水分的，我失去了这样一个爱人的悲哀，也是没有法子可以排遣的。

特洛伊罗斯上。

潘达洛斯　他、他、他来了。啊！好一对鸳鸯！

克瑞西达　（抱特洛伊罗斯）啊，特洛伊罗斯！特洛伊罗斯！

潘达洛斯　瞧这一双痴男怨女！我也要想抱着什么人哭一场哩。那歌儿是怎么说的？

啊，心啊，悲哀的心，

你这样叹息为何不破碎？

下面的答句是——

因为言语或友情，

都不能给你的痛苦以安慰。

这几行诗句真是说得入情入理。可见什么东西都不应该随便丢弃，因为我们也许会有一天用得着这样几句诗的。喂，小羊们！

特洛伊罗斯　克瑞西达，我因为爱你爱得这样虔诚，远胜于从我的冷淡的嘴唇里所吐出来的对于神明的颂祷，所以激怒了天神，把你夺去了。

克瑞西达　天神也会嫉妒吗？

潘达洛斯　是，是，是，是，这是一桩非常明显的事实。

克瑞西达　我真的必须离开特洛亚吗？

特洛伊罗斯　这是一件无可避免的恨事。

克瑞西达　怎么！也必须离开特洛伊罗斯吗？

特洛伊罗斯　你必须离开特洛亚，也必须离开特洛伊罗斯。

克瑞西达　真会有这种事吗？

特洛伊罗斯　而且是这样匆促。运命的无情的毒手把我们硬生生拆分开来，不留给我们一些从容握别的时间；它粗暴地阻止了我们唇吻的交融，用蛮力打散了我们紧紧的偎抱，把我们无限郑重的深盟密誓扼死在我们的喉间。我们用千万声叹息买到了彼此的爱情，现在却必须用一声短促的叹息把我们自己廉价出卖。无情的时间像一个强盗似的，现在必须把他所偷到的珍贵宝物急急忙忙塞在他的包裹里：像天上的星那么多的离情别意，每一句道别都伴着一声叹息一个吻，都被他挤塞在一句简单的"再会"里；只剩给我们草草的一吻，被断续的泪珠和成了辛酸的滋味。

埃涅阿斯　（在内）殿下，那姑娘预备好了没有？

特洛伊罗斯　听！他们在叫你啦。有人说，一个人将死的时候，催命的鬼差也是这样向他"来吧！""来吧！"地招呼着的。叫他们耐心等一会儿；她就要来了。

潘达洛斯　我的眼泪呢？快下起雨来，把我的叹息打下去，因为它像一阵大风似的，要把我的心连根吹起来了呢！（下。）

克瑞西达　那么我必须到希腊人那儿去吗？

特洛伊罗斯　没有挽回的余地了。

克瑞西达　那么我要在快活的希腊人中间，做一个伤心的克瑞西达了！我们什么时候再相会呢？

特洛伊罗斯　听我说，我的爱人。只要你忠心不变——

克瑞西达　我忠心不变！怎么！你怀疑我吗？

特洛伊罗斯　不，你不要误会我的意思；我说"只要你忠心不变"，不是对你有什么不放心的地方，我不过用这样一句话，引起我下面的意思。只要你忠心不变，我一定会来看你的。

克瑞西达　啊！殿下，那您就要遭到不测的危险啦；可是我的忠心是不会变的。

特洛伊罗斯　我要出入危险，习以为常。你佩戴着我这衣袖吧。

克瑞西达　这手套也请您永远戴在手上。我什么时候再看见您呢？

特洛伊罗斯　我会贿赂希腊的守兵，每天晚上来探望你。可是你不要变心。

克瑞西达　天啊！又是"不要变心"！

特洛伊罗斯　爱人，听我告诉你我说这句话的理由：希腊的青年们都是充满美好的品质的，他们都很可爱，很俊秀，有很好的天赋，又博学多能，我怕你也许会喜新忘旧；唉！一种真诚的嫉妒占据着我的心头，请你把它叫作纯洁的罪恶吧。

克瑞西达　天啊！您不爱我。

特洛伊罗斯　那么让我像一个恶徒一样不得好死！我不是怀疑你

的忠心，只是不相信自己有什么长处：我不会唱歌，不会跳舞，不会讲那些花言巧语，也不会跟人家勾心斗角，这些都是希腊人最擅长的本领；可是我可以说在每一种这一类的优点中间，都潜伏着一个不动声色的狡猾的恶魔，引诱人堕入他的圈套。希望你不要被他诱惑。

克瑞西达　您想我会被他诱惑吗？

特洛伊罗斯　不。可是有些事情不是我们的意志所能作主的；有时候我们会变成引诱自己的恶魔，因为过于相信自己的脆弱易变的心性，而陷于身败名裂的地步。

埃涅阿斯　（在内）殿下！

特洛伊罗斯　来，吻我；我们就此分别了。

帕里斯　（在内）特洛伊罗斯兄弟！

特洛伊罗斯　哥哥，你带着埃涅阿斯和那希腊人进来吧。

克瑞西达　殿下，您不会变心吗？

特洛伊罗斯　谁，我吗？唉，忠心是我唯一的过失：当别人用手段去沽名钓誉的时候，我却用一片忠心博得一个痴愚的名声；人家用奸诈在他们的铜冠上镀了一层金，我只有纯朴的真诚，我的王冠是敝旧而没有虚饰的。你尽可相信我的一片真心：我的为人就是纯正朴实，如此而已。

　　　　埃涅阿斯、帕里斯、安忒诺、得伊福玻斯及狄俄墨得斯上。

特洛伊罗斯　欢迎，狄俄墨得斯将军！这就是我们向你们交换安忒诺的那位姑娘，等我们到了城门口的时候，我就把她交给你，一路上我还要告诉你她是怎样的一个人。你要好好看顾她；凭着我的灵魂起誓，希腊人，要是有一天你的生命悬在我的剑下，只要一提起克瑞西达的名字，你就可以像普里阿摩斯坐在他的深宫里一样安全。

狄俄墨得斯 克瑞西达姑娘，您无须感谢这位王子的关切，您那明亮的眼睛，您那天仙化人的面庞，就是最有力的言辞，使我不能不给您尽心的爱护；您今后就是狄俄墨得斯的女主人，他愿意一切听从您的吩咐。

特洛伊罗斯 希腊人，你用这种恭维她的话语，来嘲笑我的诚意的请托，未免太没有礼貌了。我告诉你吧，希腊的将军，她的好处是远超过你的恭维以上的，你也不配作她的仆人。我吩咐你好好看顾她，因为这就是我的吩咐；要是你胆敢欺负她，那么即使阿喀琉斯那个大汉做你的保镖，我也要切断你的喉咙。

狄俄墨得斯 啊！特洛伊罗斯王子，您不用生气，让我凭着我的地位和使命所赋有的特权，说句坦白的话：当我离开这儿以后，我爱怎么做就怎么做，什么人也不能命令我；我将按照她本身的价值看重她，可是您要是叫我必须怎么怎么做，那么我就用我的勇气和荣誉，回答您一个"不"字。

特洛伊罗斯 来，到城门口去吧。我对你说，狄俄墨得斯，你今天对我这样出言不逊，以后你可不要碰在我的手里。姑娘，让我搀着您的手，我们就在路上谈谈我们两人所要说的话吧。（特洛伊罗斯、克瑞西达、狄俄墨得斯同下；喇叭声。）

帕里斯 听！赫克托的喇叭声。

埃涅阿斯 我们把这一个早晨浪费过去了！我曾经对他发誓，要比他先到战场上去，现在他一定要怪我怠惰迟慢了。

帕里斯 这都是特洛伊罗斯不好。来，来，到战场上去会他。

得伊福玻斯　我们立刻就去吧。

埃涅阿斯　好，让我们像一个精神奋发的新郎似的，赶快去追随在赫克托的左右；我们特洛亚的光荣，今天完全依靠着他一个人的神威。（同下。）

第五场　希腊营地。前设围场

> 埃阿斯披甲胄及阿伽门农、阿喀琉斯、帕特洛克罗斯、墨涅拉俄斯、俄底修斯、涅斯托等同上。

阿伽门农　你已经到了约定的地点，勇气勃勃地等候时间的到来。威武的埃阿斯，用你的喇叭向特洛亚高声吹响，让它传到你那英勇的敌人的耳中，召唤他出来吧。

埃阿斯　吹喇叭的，我多赏你几个钱，你替我使劲地吹，把你那喇叭管子都吹破了吧。吹啊，家伙，鼓起你的腮帮，挺起你的胸脯，吹得你的眼睛里冒血，给我把赫克托吹了出来。

（吹喇叭。）

俄底修斯　没有喇叭回答的声音。

阿喀琉斯　时候还早哩。

阿伽门农　那里不是狄俄墨得斯带着卡尔卡斯的女儿来了吗？

俄底修斯　正是他，我认识他走路的姿态；看他趾高气扬的样子，好像非常得意。

> 狄俄墨得斯及克瑞西达上。

阿伽门农　这位就是克瑞西达姑娘吗？

狄俄墨得斯　正是。

阿伽门农　好姑娘，欢迎您到我们这儿来。

涅斯托　我们的元帅用一个吻来欢迎您哩。

俄底修斯　可是那只能表示他个人的盛意；她是应该让我们大家都有接一次吻的机会的。

涅斯托　说得有理；我来开始吧。涅斯托已经吻过了。

阿喀琉斯　美人，让我吻去您嘴唇上的冰霜；阿喀琉斯向您表示他的欢迎。

墨涅拉俄斯　我也有吻她一次的权利。

帕特洛克罗斯　你还是放弃了你的权利吧；帕里斯也正是这样打旁边杀了过来，把你的权利夺了去的。

俄底修斯　啊，杀人的祸根，我们一切灾难的主因；为了一个人而我们来混战这一场。

帕特洛克罗斯　姑娘，这第一个吻是墨涅拉俄斯的；第二个是我的：帕特洛克罗斯吻着您。

墨涅拉俄斯　啊！这倒很方便！

帕特洛克罗斯　帕里斯跟我两个人总是代替他和人家接吻。

墨涅拉俄斯　我一定要得到我的一吻。姑娘，对不起。

克瑞西达　在接吻的时候，是您给我吻呢还是您受我的吻？

帕特洛克罗斯　我给您吻，也受您的吻。

克瑞西达　权衡轻重，不可吃亏，您所受的吻胜过您所给的吻，所以我不让您吻。

墨涅拉俄斯　那么我给您利息；让我用三个吻换您的一个吧。

克瑞西达　你确是个怪人；偏偏不用双数。

墨涅拉俄斯　姑娘，单身汉都很古怪。

克瑞西达　帕里斯却成了双；你也明明知道；你变得吊单了，他占了你的便宜，你是有苦说不出。

墨涅拉俄斯　你真是当头一棒呢。

克瑞西达　对不起。

俄底修斯　你俩并不能针锋相对，这笔买卖是做不成的。好姑娘，我可以向您讨一个吻吗？

克瑞西达　可以。

俄底修斯　我真想吻你。

克瑞西达　好，您讨吧。

俄底修斯　那么，为了维纳斯的缘故，给我一个吻；等海伦再变成一个处女的时候，他也可以吻您，他的吻也让我代领了吧。

克瑞西达　这一笔债可以记在账上，等它到期的时候，您再来问我讨吧。

俄底修斯　那是永远不会到期的，那么把我的一吻给我。

狄俄墨得斯　姑娘，我带您去见令尊吧。（狄俄墨得斯偕克瑞西达下。）

涅斯托　一个伶俐的女人。

俄底修斯　算了，算了！她的眼睛里、面庞上、嘴唇边都有话，连她的脚都会讲话呢；她身上的每一处骨节，每一个行动，都透露出风流的心情来。呵，这类油腔滑调的东西，厚着脸皮，侧步而进；她们把心里的话全部打开，引人上钩：简直是街头卖俏，唾手可得。（喇叭声。）

众人　特洛亚人的喇叭。

阿伽门农　他们的军队来了。

　　　　赫克托披甲胄；埃涅阿斯、特洛伊罗斯与其他特洛亚将士等上。

埃涅阿斯 各位希腊将军请了！赫克托叫我来问你们，在今天这次比武中间，交战双方是不是一定要一决雌雄，死伤流血，在所不计；还是在一方面已经占到上风的时候，就由监战的人发令双方停止？

阿伽门农 赫克托愿意采取哪一种方式？

埃涅阿斯 他没有意见；他愿意服从两方面议定的条件。

阿喀琉斯 这正是赫克托的作风，想得很周到，有点儿骄傲，可是未免太小看对方的骑士了。

埃涅阿斯 将军，您倘然不是阿喀琉斯，那么请问您叫什么名字？

阿喀琉斯 我倘不是阿喀琉斯，就是个无名小卒。

埃涅阿斯 那么尊驾正是阿喀琉斯了。可是让我告诉您吧：赫克托有的是吞吐宇宙的无限大的勇气，却没有一丝一毫的骄傲。您要是知道他的为人，那么他这种表面上的骄傲，正是他的礼貌。你们这位埃阿斯的身体上有一半是和赫克托同血统的，为了顾念亲属的情谊，今天只有半个赫克托出场，用他一半的心，一半的身体，来跟这个一半特洛亚人一半希腊人的混血骑士相会。

阿喀琉斯 那么今天的战争只是一场娘儿们的打架吗？啊！我知道了。

　　　　狄俄墨得斯重上。

阿伽门农 狄俄墨得斯将军来了。善良的骑士，你去站在我们这位埃阿斯的旁边；你和埃涅阿斯将军就做两方面的监战人吧，或者让他们战到精疲力竭，或者让他们略为打上一两回合，都由你们两人决定。这两个交战的既然是亲戚，恐怕他们剑下不免有所顾忌。（埃阿斯、赫克托二人入场。）

俄底修斯　他们已经拔剑相向了。

阿伽门农　那个满脸懊丧的特洛亚人是谁？

俄底修斯　普里阿摩斯的最小的儿子，一个真正的骑士：他未曾经过多大的历练，可是已经卓尔不群；他的出言很坚决，他的行为代替了他的言辞，他也从不矜功伐能；他不容易动怒，可是一动了怒，他的怒气却不容易平息下来；他有一颗坦白的心和一双慷慨的手，他所有的都可以给人家，他所想到的都不加掩饰，可是他的慷慨并不是滥施滥与，他的嘴里也从不曾吐露过一些卑劣的思想。他像赫克托一样勇敢，可是比赫克托更厉害；因为赫克托在盛怒之中，只要看见柔弱的事物，就会心软下来，可是他在激烈行动的时候，是比善妒的爱情更为凶狠的。他们称他为特洛伊罗斯，在他的身上建立着未来的希望，足与赫克托先后媲美。这是埃涅阿斯对我说的，他很熟悉这个少年，当我在特洛亚宫里的时候，他这样私下告诉我的。（号角声；赫克托与埃阿斯交战。）

阿伽门农　他们打起来了。

涅斯托　埃阿斯，出力！

特洛伊罗斯　赫克托，你睡着了吗；醒来！

阿伽门农　他的剑法很不错；好啊，埃阿斯！

狄俄墨得斯　大家住手。（号角声停止。）

埃涅阿斯　两位王子，够了，请歇手吧。

埃阿斯　我还没有上劲呢；再打一会儿吧。

狄俄墨得斯　请问赫克托的意思。

赫克托　好，那么我是不愿意再打下去了。将军，你是我的父亲的妹妹的儿子，伟大的普里阿摩斯的侄儿；血统上的关系，阻止我们作流血的斗争。要是在你身上混合着的希腊和特洛亚的血液，可以使你这样说，"这一只手是完全属于希腊的，这一只是属于特洛亚的；这腿上的筋肉全然是希腊的，这腿上全然是特洛亚的；右边的脸上流着我母亲的血液，左边的流着我父亲的血液，"那么凭着万能的乔武起誓，我要用我的剑在你每一处流着希腊血液的肢体上留下这一场恶战的痕迹；可是我不能上干天怒，让我的利剑沾上一滴你所得自你的母亲、我的可尊敬的姑母的血液。让我拥抱你，埃阿斯；凭着震响着雷霆的天神起誓，你有很壮健的手臂：兄弟，愿你得到一切的光荣！

埃阿斯　谢谢你，赫克托；你是一个太仁厚慷慨的人。我本意是要来杀死你，替自己博得一个英雄的名声。

赫克托　即使最负盛名的涅俄普托勒摩斯①，也不能希望从赫克托身上夺得光荣。

埃涅阿斯　两方面都在等着看你们两位还有什么行动。

赫克托　我们就这样回答：拥抱是这一场决战的结果。埃阿斯，再会。

埃阿斯　这是一个难得的机会，要是我的请求可以获得胜利，那么我要请我的著名的表兄到我们希腊营中一叙。

---

①涅俄普托勒摩斯（Neoptolemus），即皮洛斯，是阿喀琉斯的儿子。此处显然是指阿喀琉斯本人。

狄俄墨得斯　这是阿伽门农的意思，伟大的阿喀琉斯也渴想见一见解除甲胄的赫克托的英姿。

赫克托　埃涅阿斯，叫我的兄弟特洛伊罗斯过来见我；把这次友谊的访问通知我们特洛亚方面的观战将士，叫他们回去吧。兄弟，把你的手给我；我愿意跟你一起吃吃喝喝，认识认识你们的骑士。

埃阿斯　伟大的阿伽门农亲自来迎接我们了。

赫克托　凡是他们中间最有名的人物，都请你一个一个把他们的名字告诉我；可是轮到阿喀琉斯的时候，我要凭着我自己的眼睛，从他魁梧庞大的身体上认出他来。

阿伽门农　尊贵的英雄！我们热烈欢迎你，正像我们热烈希望早早去掉你这样一位敌人一样；可是在欢迎的时候，不该说这样的话，请你明白我的意思，在过去和未来的路上，是布满毁灭的零落的残迹的，可是在此时此刻，我们却毫不猜疑，以出于真心的诚意向你表示欢迎，伟大的赫克托！

赫克托　谢谢你，尊严的阿伽门农。

阿伽门农　（向特洛伊罗斯）特洛亚著名的将军，我们同样欢迎你的光降。

墨涅拉俄斯　让我继我的王兄之后，欢迎你们两位英雄的兄弟。

赫克托　这一位将军是谁？

埃涅阿斯　尊贵的墨涅拉俄斯。

赫克托　啊！是您吗，将军？凭着战神的臂鞲，谢谢您！不要笑我发这样古怪的誓，您那位从前的太太总是凭着爱神的手套起誓的；她很安好，可是没有叫我向您问候。

墨涅拉俄斯　别提起她，将军；她是一个死了的题目。

赫克托 啊！对不起，恕我失言。

涅斯托 勇敢的特洛亚人，我常常看见你突过希腊青年的队伍，像披荆斩棘一样挥舞着你的宝剑，一手操纵着死生的命运；我也看见你像一个盛怒的珀耳修斯①似的鞭策着骏马驰骋，把你的剑停留在空中，不去加诛那些望风披靡的败将降卒；那时我曾经对旁边的人说，"瞧！那边正是天神朱庇特在那儿决定人们的生死呢！"我也看见一群希腊人把你紧紧包围在中间，像俄林波斯山上的一场角斗似的，你却从容不迫地在那儿休息；可是当我看见你的时候，你的脸总是深锁在钢铁的面甲里，直到现在方才看到你的面目。我认识你的祖父，曾经跟他交战过一次，他是一位很好的军人；可是凭着伟大的战神起誓，你比他强得多啦。让一个老年人拥抱你；可尊敬的战士，欢迎你驾临我们的营地。

埃涅阿斯 这位是年老的涅斯托。

赫克托 让我拥抱你，久历沧桑的好老人家；最可尊敬的涅斯托，我很高兴遇见你。

涅斯托 我希望我的臂膀不但能够拥抱你，也能够和你在疆场上决战。

赫克托 我也希望它们能够。

涅斯托 嘿！凭着我这一把白须，我明天可要跟你决战几回合呢。好，欢迎，欢迎！我现在是老了——

俄底修斯 特洛亚的柱石已经在我们这儿了，我不知道现在那座

---

①珀耳修斯（Perseus），希腊神话中的著名英雄。

城会不会倒下来。

赫克托 俄底修斯将军，您的容貌我还记得很清楚。啊！自从上次您跟狄俄墨得斯出使敝城，我们初次会面以后，已经死了多少希腊人和特洛亚人啦。

俄底修斯 将军，我那时候早就向您预告后来的事情了；我的预言还不过应验了一半，因为那座屏障贵邦的顽强的城墙，那些高耸云霄的碉楼，都必须吻它们自己脚下的泥土。

赫克托 我不能相信您的话，它们现在还是固若金汤；照我并不夸大的估计，打落每一块弗里吉亚的石头，都必须用一滴希腊人的血做代价。什么事情都要到结局方才知道究竟，那位惯于调停一切的时间老人，总有一天会替我们结束这一场纷争的。

俄底修斯 那么就让他去解决一切吧。最温良、最勇武的赫克托，欢迎！等元帅宴请过您以后，我也要请您驾临敝营，让我略尽地主之谊。

阿喀琉斯 对不起，俄底修斯将军，我要占先一下！赫克托，我已经把你看了个饱，仔细端详过你的面貌，把你身上的每一个地方都牢牢记住了。

赫克托 这位就是阿喀琉斯吗？

阿喀琉斯 我就是阿喀琉斯。

赫克托 请你站好，我也要看看你。

阿喀琉斯 你尽管看吧。

赫克托 我已经看好了。

阿喀琉斯 你看得太快了。我可要像买东西似的再把你从头到脚细细看一遍。

特洛伊罗斯与克瑞西达

赫克托 啊！你要把我当作一本兵法书细看吗？可是我怕你有许多地方看不懂。为什么你要这样尽盯着我？

阿喀琉斯 天神啊，告诉我，我应该在他身上的哪一部分把他杀死呢？是这儿，是这儿，还是这儿？让我认清在什么方位结果赫克托的生命。天神啊，回答我吧！

赫克托 骄傲的人，天神倘会回答这样一个问题，他们也不成其为天神了。请你再站一站。你以为取我的命是一件这么容易的事，可以让你预先认清在什么地方把我杀死吗？

阿喀琉斯 我告诉你，是的。

赫克托 即使你的话是天神的启示，我也不会相信。你还是自己留心点儿吧，因为我要把你杀死的时候，我不是在这儿那儿杀死你，凭着替战神打盔的铁砧起誓，我要在你身上每一处地方杀死你。各位聪明的希腊人，恕我夸下这样的海口，他出言不逊，激我说出这样狂妄的话来；可是我倘不能用行为证实我的话，我就永不——

埃阿斯 表兄，你不必生气。阿喀琉斯，您也不用说这种恫吓的话，等您用得着它们的时候再拿出来吧；只要您有胃口，您可以每天去跟赫克托厮杀的。可是我怕我们全营将士请您出马的时候，您又请也请不出来了。

赫克托 请您让我在战场上跟您相见好不好？自从您不肯替希腊人出力以来，我们已经好久不曾有过痛快的厮杀了。

阿喀琉斯 赫克托，你请求我吗？好，明天我一定和你相会，决一个你死我活；可是今天晚上我们是好朋友。

赫克托 一言为定，把你的手给我。

阿伽门农 各位希腊将士，你们大家先到我的营帐里来，参加共同的欢宴；要是赫克托有功夫，你们有谁想要表示你们好客的殷勤，再可以各自招待他。把鼓儿高声打起来，把喇叭吹起来，让这位大英雄知道我们对他的欢迎。(除特洛伊罗斯、俄底修斯二人外皆下。)

特洛伊罗斯　俄底修斯将军，请您告诉我，卡尔卡斯住在什么地方？

俄底修斯　在墨涅拉俄斯的营帐里，尊贵的特洛伊罗斯；狄俄墨得斯今晚就在那儿陪他喝酒，这家伙眼睛里不见天地，只是瞧着美丽的克瑞西达。

特洛伊罗斯　将军，我们从阿伽门农帐里出来以后，可不可以有劳您带我到那里去？

俄底修斯　您可以命令我。我也要请问一声，这位克瑞西达姑娘在特洛亚的名誉怎样？她在那里有没有什么情人因为跟她分别而伤心？

特洛伊罗斯　啊，将军！我真像一个向人夸示他的伤疤的人一样，反而遭到您的讥笑了。请吧，将军。她曾经被人爱，她也爱过人，她现在还是这样；可是甜蜜的爱情往往是命运嘴里的食物。(同下。)

第五幕

第一场　希腊营地。阿喀琉斯帐前

阿喀琉斯及帕特洛克罗斯上。

阿喀琉斯　今夜我要用希腊的美酒烧热他的血液，明天再用我的宝剑叫它冷下来。帕特洛克罗斯，我们一定要请他痛痛快快地大吃一顿。

帕特洛克罗斯　忒耳西忒斯来了。

忒耳西忒斯上。

阿喀琉斯　啊，你这嫉妒的核儿！你这天生的硬面包壳儿！有什么消息？

忒耳西忒斯　嘿，你这虚有其表的画像，你这痴人崇拜者的偶像，这儿有一封信给你。

阿喀琉斯　从哪儿来的，你这七零八碎的东西？

忒耳西忒斯　嘿，你这满盘的傻瓜，从特洛亚来的。

帕特洛克罗斯　现在谁在看守着营帐？

忒耳西忒斯　军医和伤兵。①

帕特洛克罗斯　说得妙，你这捣蛋鬼，要这种把戏有什么意思？

忒耳西忒斯　请你免开尊口，孩子；我一点也不能从你的谈话里
　　　　得到什么好处。人家都以为你是阿喀琉斯的雄丫头。

帕特洛克罗斯　混蛋！什么叫做雄丫头？

忒耳西忒斯　嘿，雄丫头就是男婊子。但愿南方的各种恶病，绞
　　　　肠、脱肠、伤风、肾砂、昏睡症、瘫痪、烂眼、坏肝、哮
　　　　喘、膀胱肿毒、坐骨神经痛、灰掌疯、无药可医的筋骨痛、
　　　　终身不治的水泡疹，一古脑儿染到你这荒唐家伙的身上！

帕特洛克罗斯　怎么，你这该死的嫉妒匣子，你这样咒人是什么
　　　　意思？

忒耳西忒斯　我咒你吗？

帕特洛克罗斯　哼，你这烂木桶，你这婊子生的不成形的恶狗，
　　　　你没有咒我。

忒耳西忒斯　没有！那么你为什么发急，你这一绞轻薄的丝线，
　　　　你这罩在烂眼上的绿绸眼罩，你这浪子钱袋上的流苏，
　　　　你？啊！这个寒伧的世间怎么尽是这些水面的飞虫，这些
　　　　可厌的渺小的生物！

帕特洛克罗斯　闭嘴，恶毒的东西！

忒耳西忒斯　你这麻雀蛋儿！

──────────

　　①原文 tent 有两个意思：营账和检查伤口的针具。忒耳西忒斯在回
答时故意曲解原意，答非所问。

特洛伊罗斯与克瑞西达

阿喀琉斯 我的好帕特洛克罗斯，我明天出战的雄心已经受到挫折。这儿是一封赫卡柏王后写来的信，还有她的女儿，我的爱人，给我的一件礼物，她们都恳求我遵守我从前发过的一句誓言。我不愿违背我的誓言。让希腊没落，让名誉消失，让光荣或去或留吧；我必须服从我所已经发过的重誓。来，来，忒耳西忒斯，帮着布置布置我的营帐；今夜一定要在欢宴中消度过去。去吧，帕特洛克罗斯！（阿喀琉斯、帕特洛克罗斯同下。）

忒耳西忒斯 这两个人有太多的血气，太少的头脑，也许会发起疯来；要是他们因为有太多的头脑，太少的血气而发疯，那么我倒可以治愈他们的疯病。还有那个阿伽门农，人倒很老实，他也很爱玩鹌鹑，可是他的头脑总共还不过像耳屎那么一点点。讲到他那个外表像天神的兄弟，那头公牛，那尊原始的雕像，那座歪斜的王八的纪念碑，他不过是用链条穿起了挂在他哥哥腿上的一块小小的鞋拔；像他这种家伙，智慧里掺了些奸恶，奸恶里拼了些智慧，还能够叫他变得比现在的样子好一点吗？变一头驴子，那也不算什么；他又是驴子又是牛。变一头牛，那也不算什么；他又是牛又是驴子。变一条狗、一头骡子、一头猫、一只臭鼬、一只蛤蟆、一条蜥蜴、一只枭、一只鹞子，或是一条没有卵的鲱鱼，我都不在乎；可是倘要叫我变一个墨涅拉俄斯！嘿，我才要向命运造反呢。要是我不是忒耳西忒斯，那么别问我愿意变什么，因为就是叫我做癞病人身上的一个虱子我都愿意，只要不是做墨涅拉俄斯。嗳唷！精灵们带着火把来啦！

赫克托、特洛伊罗斯、埃阿斯、阿伽门农、俄底修斯、
涅斯托、墨涅拉俄斯及狄俄墨得斯各持火炬上。

阿伽门农　我们走错了，我们走错了。

埃阿斯　不，那儿就是；就是那个有火光的地方。

赫克托　真太麻烦你们了。

埃阿斯　不，没有什么。

俄底修斯　他自己来接您啦。

阿喀琉斯重上。

阿喀琉斯　欢迎，勇敢的赫克托；欢迎，各位王子。

阿伽门农　特洛亚的英雄王子，我现在要向您道晚安了。埃阿斯
　　　　会吩咐卫士们侍候您的。

赫克托　谢谢您，愿您晚安，希腊的元帅。

墨涅拉俄斯　晚安，将军。

赫克托　晚安，墨涅拉俄斯好将军。

忒耳西忒斯　好个屁：你说好呀？好粪坑，好尿桶。

阿喀琉斯　回去的人我向他们道晚安，留着的人我欢迎他们。

阿伽门农　晚安。（阿伽门农、墨涅拉俄斯同下。）

阿喀琉斯　年老的涅斯托也没有去，狄俄墨得斯，你也在这儿耽
　　　　搁一二小时，陪陪赫克托吧。

狄俄墨得斯　我不能，将军；我有重要的事情，现在就要去了。
　　　　晚安，伟大的赫克托。

赫克托　把您的手给我。

俄底修斯　（向特洛伊罗斯旁白）跟着他的火把跑；他是到卡尔卡
　　　　斯的帐里去的。我陪您走走。

特洛伊罗斯　真是有劳您啦。

特
洛
伊
罗
斯
与
克
瑞
西
达

赫克托 好，晚安。（狄俄墨得斯下，俄底修斯、特洛伊罗斯随下。）

阿喀琉斯 来，来，我们进帐吧。（阿喀琉斯、赫克托、埃阿斯、
涅斯托同下。）

忒耳西忒斯 那个狄俄墨得斯是个奸诈小人，一个居心不正的坏
家伙；当他斜着眼睛瞧人的时候，正像一条发着咝咝声音
的蛇一样靠不住。他会随口许愿，可是等到他履行他所许
的愿的时候，天文学家也会发出预告，因为那时候天象一
定会发生巨大的变化，太阳反而要向月亮借光了。我宁愿
不看赫克托，一定要跟住他；人家说他养着一个特洛亚的
婊子，借那卖国贼卡尔卡斯的营帐幽会。我要跟他去。奸
淫，只有奸淫！全都是些不要脸的淫棍！（下。）

第二场　同前。卡尔卡斯帐前

狄俄墨得斯上。

狄俄墨得斯 喂！你睡了没有？

卡尔卡斯 （在内）谁在叫？

狄俄墨得斯 狄俄墨得斯。是卡尔卡斯吗？你的女儿呢？

卡尔卡斯 （在内）她就来了。

特洛伊罗斯及俄底修斯自远处上；忒耳西忒斯随上。

俄底修斯 站远一些，别让火把照见我们。

克瑞西达上。

特洛伊罗斯 克瑞西达出来会他了。

狄俄墨得斯 啊，我的被保护人！

克瑞西达　我的亲爱的保护人！来！我给您说句话。（向狄俄墨得斯耳语。）

特洛伊罗斯　哼，这样亲热！

俄底修斯　她会向无论哪个初次见面的男人唱歌。

忒耳西忒斯　不论哪个男人都能跟她唱到一块儿去，只要他能搭上她的腔调，她的调门多得很。

狄俄墨得斯　你会记得吗？

克瑞西达　记得，记得。

狄俄墨得斯　好，你可记住了；不要口不应心。

特洛伊罗斯　叫她记住些什么？

俄底修斯　听着！

克瑞西达　甜甜蜜蜜的希腊人，别再诱我干那些傻事情了。

忒耳西忒斯　搞什么鬼！

狄俄墨得斯　不，那么——

克瑞西达　我对您说呀——

狄俄墨得斯　算了，算了，有什么说的；你已经背了誓了。

克瑞西达　真的，我不能。你要我怎么样？

忒耳西忒斯　一个鬼把戏——公开的秘密。

狄俄墨得斯　你不是发过誓要给我一件什么东西吗？

克瑞西达　请您不要逼我履行我的誓言了，亲爱的希腊人；除了这一件事情以外，我什么都依你。

狄俄墨得斯　晚安！

特洛伊罗斯　忍耐，把这口怒气压下去吧！

俄底修斯　你怎么啦，特洛亚人？

克瑞西达　狄俄墨得斯——

狄俄墨得斯　不，不，晚安；我不愿再被愚弄了。

特洛伊罗斯　比你更好的人也被她愚弄过了。

克瑞西达　听着！我向您的耳边说句话。

特洛伊罗斯　该死，该死！

俄底修斯　您在动怒了，王子；我们还是走吧，免得您的脾气越发越大。这地方是个危险的地方，这时间也是容易闯祸的时间。请您回去吧。

特洛伊罗斯　不，你瞧你瞧！

俄底修斯　您还是走吧；您已经气得发疯了。来，来，来。

特洛伊罗斯　请你再等一会儿。

俄底修斯　您快要忍耐不住了；来。

特洛伊罗斯　请你等一会儿。凭着地狱和一切地狱里的酷刑发誓，我决不说一句话！

狄俄墨得斯　好，晚安！

克瑞西达　可是您是含怒而去的。

特洛伊罗斯　那使你心里难过吗？啊，枯萎了的忠心！

俄底修斯　怎么，怎么，王子！

特洛伊罗斯　天神在上，我忍耐就是了。

克瑞西达　我的保护人！——喂，希腊人！

狄俄墨得斯　呸，呸！再见；你老是作弄人家。

克瑞西达　凭良心说，我没有；您回来呀。

俄底修斯　您在气得发抖了；王子；我们走吧，您要忍不住了。

特洛伊罗斯　她摸他的脸！

俄底修斯　来，来。

特洛伊罗斯　不，等一会儿；天神在上，我决不说一句话；在我的意志和一切耻辱的中间，有忍耐在那儿看守着；再等一会儿吧。

忒耳西忒斯　那个屁股胖胖的、手指粗得像马铃薯般的荒淫的魔鬼怎么会把这两个宝货撮在一起！煎吧，都给我在奸淫里煎枯了吧！

狄俄墨得斯　那么你答应了吗？

克瑞西达　是，我答应了；不骗您。

狄俄墨得斯　给我一件什么东西做保证吧。

克瑞西达　我去给您拿来。（下。）

俄底修斯　您发誓说一定忍耐的。

特洛伊罗斯　你放心吧，好将军；我一定抑制住自己，不让我的感情暴露出来；我满心都是忍耐。

　　　　　克瑞西达重上。

忒耳西忒斯　抵押品来了！瞧，瞧，瞧！

克瑞西达　狄俄墨得斯，这衣袖请您收下来吧。

特洛伊罗斯　啊，美人！你的忠心呢？

俄底修斯　王子——

特洛伊罗斯　我会忍耐；在外表上忍住我的怒气。

克瑞西达　您瞧瞧那衣袖；瞧清楚了。他曾经爱过我——啊，负心的女人！把它还给我。

狄俄墨得斯　这是谁的？

克瑞西达　您已经还了我，不用再问了。明天晚上我不愿跟您相会。狄俄墨得斯，请您以后不要再来看我了吧。

忒耳西忒斯　现在她又要磨他了；说得好，磨石！

狄俄墨得斯　拿来给我。

克瑞西达 什么，是这个吗？

狄俄墨得斯 是这个。

克瑞西达 天上的诸神啊！你可爱的、可爱的信物！你的主人现在正在床上躺着想起你也想起我；他一定在那儿叹气，拿着我的手套，一边回忆一边轻轻地吻着它；就像我吻着你一样。不，不要从我手里把它夺去；谁拿了它去，就是把我的心也一块儿拿去了。

狄俄墨得斯 你的心已经给了我了；这东西也是我的。

特洛伊罗斯 我已经发誓忍耐。

克瑞西达 你不能把它拿去，狄俄墨得斯；真的您不能拿去；我宁愿把别的东西给您。

狄俄墨得斯 我一定要这个。它是谁的？

克瑞西达 您不用问。

狄俄墨得斯 快说，它本来是属于谁的？

克瑞西达 它本来是属于一个比您更爱我的人的。可是您既然已经拿了去，就给了您吧。

狄俄墨得斯 它是谁的？

克瑞西达 凭着狄安娜女神和侍候她的那群星娥们起誓，我不愿告诉您它是谁的。

狄俄墨得斯 明天我要把它佩在我的战盔上，要是他不敢向我挑战，也叫他看着心里难过。

特洛伊罗斯 即使你是魔鬼，把它挂在你的角上，我也要向你挑战。

克瑞西达 好，好，事情已经过去，也不用说了；可是不，我不愿应您的约会。

狄俄墨得斯　好，那么再见；狄俄墨得斯以后再不让你玩弄了。

克瑞西达　您不要去；人家刚说了一句话，您又恼起来啦。

狄俄墨得斯　我不喜欢让人开这样的玩笑。

忒耳西忒斯　我也不喜欢，自有地狱王为证；可是你不喜欢的事我倒最喜欢。

狄俄墨得斯　那么我要不要来？什么时候？

克瑞西达　好，你来吧；——天啊！——你来吧；——我一定要受神明的惩罚了！

狄俄墨得斯　再会。

克瑞西达　晚安；请你一定来。（狄俄墨得斯下）别了，特洛伊罗斯！我的一只眼睛还在望着你，可是另一只眼睛已经随着我的心转换了方向。唉，我们可怜的女人！我发现了我们这一个弱点，我们的眼睛所犯的错误支配着我们的心；一时的失足把我们带到了永远错误的路上。啊，从这里可以得出一个结论，那就是：受眼睛支配的思念一定是十分卑劣的。（下。）

忒耳西忒斯　这是她对于她自己的贞节的最老实的供认，除非她再说一句，"我的心现在已经变成了一个娼妇。"

俄底修斯　没有什么可看的了，王子。

特洛伊罗斯　是的，一切都完了。

俄底修斯　那么我们还留在这儿干吗？

特洛伊罗斯　我要把他们在这儿说的话一个字一个字地记录在我的灵魂里。可是我倘把这两个人共同串演的这一出活剧告诉人家，虽然我宣布的是事实，这事实会不会是一个谎呢？因为在我的心里还留着一个顽强的信仰，不肯接受眼睛和耳朵的见证，好像这两个器官都是善于欺骗，它们的作用只是颠倒是非，淆乱黑白。刚才出来的真是克瑞西达吗？

俄底修斯　我又不会驱神役鬼，特洛亚人。

特洛伊罗斯　一定不是她。

俄底修斯　的确是她。

特洛伊罗斯　我还没有发疯，我知道那不是她。

俄底修斯　难道倒是我疯了吗？刚才明明是克瑞西达。

特洛伊罗斯　为了女人的光荣，不要相信她是克瑞西达！我们都是有母亲的；不要让那些找不到诽谤的题目的顽固批评家们得到借口，用克瑞西达的例子来评断一切女性；还是相信她不是克瑞西达吧。

俄底修斯　王子，她干了些什么事，可以使我们的母亲都蒙上污辱呢？

特洛伊罗斯　她没有干什么事，除非刚才的女人真的就是她。

忒耳西忒斯　他自己亲眼瞧见了还要强词诡辩吗？

特洛伊罗斯　这是她吗？不，这是狄俄墨得斯的克瑞西达。美貌如果是有灵魂的，这就不是她；灵魂如果指导着誓言，誓言如果代表着虔诚的心愿，虔诚如果是天神的喜悦，世间如果有不变的常道，这就不是她。啊，疯狂的理论！为自己起诉，控诉自己，却又全无实证，矛盾重重：理智造了反，却不违反理智；理智丢光了，却仍做得合理，保持一个场面。这是克瑞西达，又不是克瑞西达。我的灵魂里正在进行着一场奇怪的战争，一件不可分的东西，分隔得比天地相去还要辽阔；可是在这样广大的距离中间，却又找不到一个针眼大的线缝。像地狱之门一样坚强的证据，证明克瑞西达是我的，上天的赤绳把我们结合在一起。像上天本身一样坚强的证据，却证明神圣的约束已经分裂松懈，她的破碎的忠心、她的残余的爱情、她的狼藉的贞操，都拿去与狄俄墨得斯另结新欢了。

俄底修斯 尊贵的特洛伊罗斯也会受制于他所吐露的那种感情吗？

特洛伊罗斯 是的，希腊人；我要用像热恋着维纳斯的战神马斯的心一样鲜红的大字把它书写出来；从来不曾有过一个年轻的男子用我这样永恒而坚定的灵魂恋爱过。听着，希腊人，正像我深爱着克瑞西达一样，我也同样痛恨着她的狄俄墨得斯；他将要佩在盔上的那块衣袖是我的，即使他的盔是用天上的神火打成的，我的剑也要把它挑下来；疾风卷海，波涛怒立的声势，也将不及我的利剑落在狄俄墨得斯身上的时候那样惊心动魄。

忒耳西忒斯 这是他偷女人的报应。

特洛伊罗斯 啊，克瑞西达！负心的克瑞西达！你好负心！一切不忠不信、无情无义，比起你的失节负心来，都会变成光荣。

俄底修斯 啊！您忍着些吧；您这一番愤激的话，已经给人家听见了。

> 埃涅阿斯上。

埃涅阿斯 殿下，我已经找您一个钟头了。赫克托现在正在特洛亚披起他的甲胄来了。埃阿斯等着护送您回去。

特洛伊罗斯 那么我们一同走吧。多礼的将军，再会。别了，叛

逆的美人！狄俄墨得斯，留心站稳了，顶一座堡垒在你的
头上吧！

俄底修斯 我送你们两位到门口。

特洛伊罗斯 请接受我心烦意乱的感谢。（特洛伊罗斯、埃涅阿斯、
俄底修斯同下。）

忒耳西忒斯 要是我碰见了那个混蛋狄俄墨得斯！我要向他学老
鸦叫，叫得他满身晦气。我倘把这婊子的事情告诉了帕特
洛克罗斯，他一定愿意把无论什么东西送给我；鹦鹉瞧见
了一粒杏仁，也不及他听见了一个近在手头的婊子更高兴。
奸淫，奸淫；永远是战争和奸淫，别的什么都不时髦。浑
身火焰的魔鬼抓了他们去！（下。）

第三场　特洛亚。普里阿摩斯王宫门前

赫克托及安德洛玛刻上。

安德洛玛刻 我的夫君今天怎么脾气坏到这样子，不肯接受人家
的劝告呢？脱下你的甲胄来，今天不要出去打仗了。

赫克托 不要激怒我，快进去；凭着一切永生的天神起誓，我非
去不可。

安德洛玛刻 我的梦一定会应验的。

赫克托 别多说啦。

卡珊德拉上。

卡珊德拉 我的哥哥赫克托呢？

安德洛玛刻 在这儿，妹妹；他已经披上甲胄，充满了杀心。陪

着我向他高声恳求吧；让我们跪下来哀求他，因为我梦见
流血的混乱，整夜里只是梦着屠杀的惨象。

卡珊德拉　啊！这是真的。

赫克托　喂！让我的喇叭吹起来。

卡珊德拉　看在上天的面上，好哥哥，不要吹起进攻的信号。

赫克托　快去；天神已经听见我发过誓了。

卡珊德拉　天神对于愤激暴怒的誓言是充耳不闻的；它们是不洁
的祭礼，比污秽的兽肝更受憎恨。

安德洛玛刻　啊！听从我们的劝告吧。不要以为自恃正义，便可
以伤害他人；如果那是合法的，那么用暴力劫夺所得的财
物拿去布施，也可以说是合法的了。

卡珊德拉　誓言是否有效，必须视发誓的目的而定；不是任何的
目的都可以使誓言发生力量。脱下你的甲胄吧，亲爱的赫
克托。

赫克托　你们别闹。我的荣誉主宰着我的命运。生命是每一个人
所重视的；可是高贵的人重视荣誉远过于生命。

　　　　　　　特洛伊罗斯上。

赫克托　啊，孩子！你今天预备上战场吗？

安德洛玛刻　卡珊德拉，叫我们的父亲来劝劝他。（*卡珊德拉下。*）

赫克托　不，你不要去，特洛伊罗斯；脱下你的铠甲，孩子；我
今天充满了骑士的精神。让你的筋骨再长得结实一点，不
要就去试探战争的锋刃吧。脱下你的铠甲，去，不要怀疑，
勇敢的孩子，我今天要为了你、为了我、为了整个的特洛
亚而作战。

特洛伊罗斯　哥哥，您有一个太仁慈的弱点，这弱点适宜于一头

特洛伊罗斯与克瑞西达

狮子，却不适宜于一个勇士。

赫克托 是怎样一个弱点，好特洛伊罗斯？你指出来责备我吧。

特洛伊罗斯 好几次战败的希腊人倒在地上，您虽然已经举起您的剑，却叫他们站起来，放他们活命。

赫克托 啊！那是公道的行为。

特洛伊罗斯 不，那是傻气的行为，赫克托。

赫克托 怎么！怎么！

特洛伊罗斯 看在一切天神的面上，让我们把恻隐之心留在我们母亲那儿吧；当我们披上甲胄的时候，让残酷的愤怒指挥着我们的剑锋，执行无情的杀戮。

赫克托 嘿！那太野蛮了。

特洛伊罗斯 赫克托，这样才是战争呀。

赫克托 特洛伊罗斯，我今天不要你临阵。

特洛伊罗斯 谁可以阻止我？命运、命令，或是握着火红的指挥杖的战神的手，都不能叫我退下；普里阿摩斯父王和赫卡柏母后含着满眶的眼泪跪在地上，都不能打消我的决心；就是您，我的哥哥，拔出您的锋利的剑来，也挡不住我；除了我自己的毁灭以外，我不怕任何的阻力。

卡珊德拉偕普里阿摩斯上。

卡珊德拉 拖住他，普里阿摩斯，不要放松。他是你的拐杖；要是你失去你的拐杖，那么你依靠着他，整个的特洛亚依靠着你，大家都要一起倒下了。

普里阿摩斯 来，赫克托，来，回来；你的妻子做了恶梦，你的母亲看见了幻象，卡珊德拉预知未来，我自己也像一个突然得到天启的先知一样，告诉你今天是一个不祥的日子，所以你回来吧。

赫克托 埃涅阿斯在战场上等我；我和许多希腊人有约在先，今天一定要去跟他们相会。

普里阿摩斯 可是你不能去。

赫克托 我不能失信于人。您知道我一向是不敢违抗您的意旨的，所以，亲爱的父亲，不要使我负上一个不孝的罪名，请您允许我出战吧。

卡珊德拉 普里阿摩斯啊！不要听从他。

安德洛玛刻 不要允许他，亲爱的父亲。

赫克托 安德洛玛刻，你使我生气了。为了你对我的爱情，快给我进去吧。（安德洛玛刻下。）

特洛伊罗斯 都是这个愚蠢的、做梦的、迷信的姑娘，凭空虚构出这许多噩兆。

卡珊德拉 啊，别了！亲爱的赫克托！瞧，你死了！瞧，你的眼睛变成惨白了！瞧，你满身的伤口都在流血！听，特洛亚在呼号，赫卡柏在痛哭，可怜的安德洛玛刻在发出她尖锐的悲声！瞧，慌乱、疯狂和惊愕，像一群没有头脑的痴人彼此相遇，大家都在哭喊着赫克托：赫克托死了！啊，赫克托！

特洛伊罗斯 去！去！

卡珊德拉 别了。且慢，赫克托，我还要向你告别：你欺骗了你自己，也欺骗了我们全体特洛亚人。（下。）

赫克托 父王，您听见她这样嚷叫，有点儿惊恐吗？进去安慰安慰我们的军民；我们现在要出去作战，干一些值得赞美的事情，今天晚上再来讲给您听吧。

特洛伊罗斯与克瑞西达

205

普里阿摩斯　再会，愿神明保佑你平安！（普里阿摩斯、赫克托
各下；号角声。）

特洛伊罗斯　他们已经打起来了，听！骄傲的狄俄墨得斯，相信
我，我今天不是失去我的手臂，就要夺回我的衣袖。

特洛伊罗斯将去时，潘达洛斯自另一方上。

潘达洛斯　您听见吗，殿下？您听见吗？

特洛伊罗斯　现在又有什么事？

潘达洛斯　这儿是那可怜的女孩子寄来的一封信。

特洛伊罗斯　让我看。

潘达洛斯　这倒霉的混账咳嗽害得我好苦，还要让这傻丫头把我
搅得心神不安，又是这样，又是那样，看来我这条老命也
活不长久了；我的眼睛里又害起了风湿症，我的骨节又痛
得这么厉害，不知道我作了什么孽，才受到这样的罪。她
说些什么？

特洛伊罗斯　空话，空话，只有空话，没有一点真心；行为和言
语背道而驰。（撕信）去，你风一样轻浮的，跟着风飘去，
也化成一阵风吧。她用空话和罪恶搪塞我的爱情，却用行
为去满足他人。（各下。）

第四场　特洛亚及希腊营地之间

号角声；兵士混战；忒耳西忒斯上。

忒耳西忒斯　现在他们在那儿打起来了，待我去看个热闹。那个
奸诈的卑鄙小人，狄俄墨得斯，把那个下流的痴心的特洛

亚小傻瓜的衣袖裹在他的战盔上；我巴不得看见他们碰头，看那头爱着那婊子的特洛亚小驴子怎样放那个希腊淫棍回到那只假情假义的浪蹄子那儿去，叫他有袖而来，无袖而归。在另一方面，那些狡猾的信口发誓的坏东西——那块耗子咬过的陈年干酪，涅斯托，和那头狗狐俄底修斯，他们定下的计策，简直不值一颗乌莓子：他们的计策是要叫那条杂种恶狗埃阿斯去对抗那条同样坏的恶狗阿喀琉斯；现在埃阿斯那恶狗已经变得比阿喀琉斯那恶狗更骄傲了，今天他不肯出战；所以那些希腊人都像野蛮人一样胡作非为起来，计策权谋把军誉一起搅坏了。且慢！衣袖来了；那一个也来了。

　　　　　狄俄墨得斯上，特洛伊罗斯随上。

特洛伊罗斯　别逃；你就是跳下了冥河，我也要入水追你。

狄俄墨得斯　你弄错了，我没有逃；因为你们人多，好汉不吃眼前亏，所以我才抽身出来。你小心点儿吧！

忒耳西忒斯　守住你那婊子，希腊人！为了那婊子的缘故，特洛亚人，出力吧！挑下那衣袖来，挑下那衣袖来！（特洛伊罗斯、狄俄墨得斯随战随下。）

　　　　　赫克托上。

赫克托　希腊人，你是谁？你也是要来跟赫克托比一个高下的吗？你是不是一个贵族？

忒耳西忒斯　不，不，我是个无赖，一个只会骂人的下流汉，一个卑鄙龌龊的小人。

赫克托　我相信你；放你活命吧。（下。）

忒耳西忒斯　慈悲的上帝，你居然会相信我！这天杀的把我吓了

特洛伊罗斯与克瑞西达

这么一跳！那两个扭成一团的混蛋呢？我想他们也许把彼此吞下去了，那才是个笑话哩。看起来，淫欲总是自食其果的。我要找他们去。（下。）

第五场　战地的另一部分

　　狄俄墨得斯及仆人上。

狄俄墨得斯　来，给我把特洛伊罗斯的骏马牵了回去，把它奉献给我的爱人克瑞西达，向她表示我对于她的美貌的敬礼；对她说，我已经教训过那个多情的特洛亚人，用事实证明我是她的骑士了。

仆人　我就去，将军。（下。）

　　阿伽门农上。

阿伽门农　添救兵，添救兵！凶猛的波吕达玛斯已经把门农打了下来；那私生子玛伽瑞隆把多里俄斯捉了去，像一尊巨大的石像似的，站在被杀的厄庇斯特洛福斯和刻狄俄斯二王的尸体上，挥舞着他的枪杆；波吕克塞诺斯也死了；安菲玛科斯和托阿斯都受了致命的重伤；帕特洛克罗斯被擒被杀，下落不明；帕拉墨得斯身受重创；可怕的萨癸塔里大逞威风，把我们的兵士吓得四散奔窜。狄俄墨得斯，快去添救兵，否则我们要一败涂地了。

　　涅斯托上。

涅斯托　去，把帕特洛克罗斯的尸体抬到阿喀琉斯帐里；再叫那像蜗牛一样慢腾腾的埃阿斯赶快披上甲胄。有一千个赫克

托在战场上，一会儿他骑着马在这儿鏖战，一会儿他又在
那边徒步奔突，挡着他的人逃的逃，死的死，就像一群轻
舟小艇，遇见了一头喷射海水的巨鲸一样；一会儿他又在
别的地方，把那些稻草般的希腊人摧枯拉朽似的杀得望风
披靡，这里，那里，到处有他神出鬼没的踪迹，他的敏捷
的行动，简直是得心应手，要怎么样便怎么样，看见了也
会叫人不相信自己的眼睛。

    俄底修斯上。

俄底修斯 啊！勇气，勇气，王子们！伟大的阿喀琉斯披起铠甲
来了；他在哭泣，咒骂，发誓复仇，帕特洛克罗斯身上的
创伤已经激起了他的昏睡的雄心；他手下的那些负伤的壮
士，有的割去了鼻子，有的砍掉了手，断臂的，刖足的，
都在叫喊着赫克托的名字。埃阿斯也失去了一个朋友，恼
得他咬牙切齿，已经披甲出战，要去找特洛伊罗斯拚命；
那特洛伊罗斯今天就像发了疯似的横冲直撞，勇不可当，
命运也像故意讥讽智谋的无用一样，对他特别照顾，使他
战无不胜。

    埃阿斯上。

埃阿斯 特洛伊罗斯！你这懦夫躲到哪里去了？（下。）

狄俄墨得斯 在那儿，在那儿。

涅斯托 好，好，我们也上去杀一阵。

    阿喀琉斯上。

阿喀琉斯 这赫克托在什么地方？来，来，你这吓吓小孩子的家
伙，还不给我出来吗？我要让你知道遇见一个发怒的阿喀
琉斯是怎么样的。赫克托！赫克托呢？我只要找赫克托。

（各下。）

第六场　战地的另一部分

　　　　　　埃阿斯上。

埃阿斯　特洛伊罗斯，你这懦夫，出来！

　　　　　　狄俄墨得斯上。

狄俄墨得斯　特洛伊罗斯！特洛伊罗斯在什么地方？

埃阿斯　你要找他干么？

狄俄墨得斯　我要教训教训他。

埃阿斯　等我做了元帅，你到了我的地位，你再来教训他吧。特
　　　洛伊罗斯！喂，特洛伊罗斯！

　　　　　　特洛伊罗斯上。

特洛伊罗斯　啊，奸贼，狄俄墨得斯！转过你的奸诈的脸来，你
　　　这奸贼！拿你的命来赔偿我的马儿！

狄俄墨得斯　嘿！你来了吗？

埃阿斯　我要独自跟他交战；站开，狄俄墨得斯。

狄俄墨得斯　他是我的目的物；我不愿意袖手旁观。

特洛伊罗斯　来，你们这两个希腊贼子；你们一起来吧！（随战
　　　随下。）

　　　　　　赫克托上。

赫克托　呀，特洛伊罗斯吗？啊，打得好，我的小兄弟！

　　　　　　阿喀琉斯上。

阿喀琉斯　现在我看见你了。嘿！等着吧，赫克托！

赫克托 住手，你还是休息一会儿。

阿喀琉斯 我不要你卖什么人情，骄傲的特洛亚人。我的手臂久已不举兵器了，这是你的幸运；我的休息和怠惰，给你很大的便宜；可是我不久就会让你知道我的厉害。现在你还是去追寻你的命运吧。（下。）

赫克托 再会，要是我早知道会遇见你，我的勇气一定会增加百倍。啊，我的兄弟！

　　　　　　特洛伊罗斯重上。

特洛伊罗斯 埃阿斯把埃涅阿斯捉了去了；真有这样的事吗？不，凭着那边天空中灿烂的阳光发誓，他不能让他捉去；我一定要去救他出来，否则宁愿让他们把我也一起捉了去。听着，命运！今天我已经把死生置之度外了。（下。）

　　　　　　一骑士披富丽铠甲上。

赫克托 站住，站住，希腊人；你是一个很好的目标。啊，你不愿站住吗？我很喜欢你这身甲胄；即使把它割破砍碎，也要剥它下来。畜生，你不愿站住吗？好，你逃，我就追，非得剥下你的皮来不可。（同下。）

第七场　战地的另一部分

　　　　　　阿喀琉斯及众骑士上。

阿喀琉斯 过来，我的骑士们，听清我的话。你们看我到什么地方，就跟到什么地方。不要动你们的刀剑，蓄养好你们的气力；当我找到了凶猛的赫克托以后，你们就用武器把他密密围住，一阵乱剑剁死他。跟我来，孩子们，留心我的行动；伟大的赫克托决定要在今天丧命。（同下。）

　　　　墨涅拉俄斯及帕里斯互战上；忒耳西忒斯随上。

忒耳西忒斯　那忘八跟那奸夫也打起来了。出力，公牛！出力，狗子！呦，帕里斯，呦！啊，我的两个雌儿的麻雀！呦，帕里斯，呦！那公牛打胜了；喂，留心他的角！（帕里斯、墨涅拉俄斯下。）

　　　　玛伽瑞隆上。

玛伽瑞隆　奴才，转过来跟我打。

忒耳西忒斯　你是什么人？

玛伽瑞隆　普里阿寥斯的庶子。

忒耳西忒斯　你是个私生子，我也是个私生子，我喜欢私生子，一个私生子生我出来，教养我成为一个私生头脑、私生血气的变种：一头熊不会咬它的同类，那么私生子为什么要自相残杀呢？要注意，我们彼此不和是最不吉祥之兆：一个私生子为一个婊子打起架来就会惹祸上身的：再会，私生子。（下。）

玛伽瑞隆　魔鬼抓了你去，懦夫！（下。）

第八场　战地的另一部分

　　　　赫克托上。

赫克托　富丽的外表包裹着一个腐烂不堪的核心，你这一身好盔甲送了你的性命。现在我已经作完一天的工作，待我好好休息一下。我的剑啊，你已经饱餐了鲜血和死亡，你也休息休息吧。（脱下战盔，将盾牌悬挂背后。）

阿喀琉斯及众骑士上。

阿喀琉斯　瞧。赫克托，太阳已经开始没落，丑恶的黑夜在他的背后追踪而来；赫克托的生命，也要跟太阳一起西沉，结束了这一个白昼。

赫克托　我现在已经解除武装；不要乘人不备，希腊人。

阿喀琉斯　动手，孩子们，动手！这就是我所要找的人。（赫克托倒地）现在，特洛亚，你也跟着倒下来吧！这儿躺着你的心脏，你的筋肉，你的骨胳。上去，骑士们！大家齐声高呼，"阿喀琉斯已经把勇武的赫克托杀死了！"（吹归营号）听！我军在吹归营号了。

骑士　主将，特洛亚的喇叭跟我们的喇叭声音是一样的。

阿喀琉斯　黑夜的巨龙之翼已经覆盖了大地，分开了交战的两军。我的尚未餍足的宝剑，因为已经尝到了美味，也要归寝了。（插剑入鞘）来，把他的尸体缚在我的马尾巴上，我要把这特洛亚人拖过战场。（同下。）

第九场　战地的另一部分

阿伽门农、埃阿斯、墨涅拉俄斯、涅斯托、狄俄墨得斯及余人等列队行进，内喧呼声。

阿伽门农　听！听！那是什么呼声？

涅斯托　静下来，鼓声！

内呼声："阿喀琉斯！阿喀琉斯！赫克托被杀了！阿喀琉斯！"

狄俄墨得斯　听他们的呼声，好像是赫克托给阿喀琉斯杀了。

埃阿斯　果然有这样的事，我们也不要自夸；伟大的赫克托并没有不如他的地方。

阿伽门农　大家静静前进。派一个人到阿喀琉斯那里去，请他到我的大营里来。要是他的死是天神有心照顾我们，那么伟大的特洛亚已经是我们的，惨酷的战争也要从此结束了。

（众列队行进下。）

第十场　战地的另一部分

埃涅阿斯及特洛亚兵士上。

埃涅阿斯　站住！我们现在还控制着这战场。不要回去，让我们忍着饥饿挨过这一夜。

特洛伊罗斯上。

特洛伊罗斯　赫克托被杀了。

众人　赫克托！哪有这样的事！

特洛伊罗斯　他死了，他的尸体缚在那凶手的马尾上，惨无人道地拖过了充满着耻辱的战场。天啊，颦蹙你的怒眉，赶快降下你的惩罚来吧！神明啊，坐在你们的宝座上，眷顾着特洛亚吧！让你们的迅速的灾祸变成慈悲，不要拖延我们不可避免的毁灭吧！

埃涅阿斯　殿下，您不要瓦解我们全军的士气。

特洛伊罗斯　你没有了解我的意思，所以才会对我说这样的话。我没有说到逃走、恐惧和死亡；我是向着一切天神和世人所加于我们的迫切的危险挑战。赫克托已经离我们而去了；谁去把这样的消息告诉普里阿摩斯和赫卡柏呢？有谁现在到特洛亚去，宣布赫克托的死讯的，让他永远被称为不祥的啼枭吧。这样一句话是会使普里阿摩斯变成一座石像，使妇女们变成泪泉和化石，使少年们变成冰冷的雕像，使整个的特洛亚惊怖失色的。可是去吧，赫克托死了，还有什么话说呢？且慢！你们这些可恶的营帐，这样骄傲地布下在我们弗里吉亚的平原上，无论太阳起得多早，我要把你们踏为平地！还有你，你这肥胖的懦夫。无论怎样广阔的距离，都不能分解我们两人的仇恨；我要永远像一颗疑神疑鬼的负疚的良心一样缠绕着你！回到特洛亚去！我们不要懊恼，让复仇的希望掩盖我们内心的悲痛。（埃涅阿斯及特洛亚军队下。）

　　　　特洛伊罗斯将去时，潘达洛斯自另一方上。

潘达洛斯　听我说，听我说！

特洛伊罗斯　滚开，下贱的龟奴！丑恶和耻辱追随着你，永远和你的名字连在一起！（下。）

潘达洛斯　好一服医治我的骨痛的妙药！啊，世界，世界，世界！一个替别人奔走的人，是这样被人轻视！做卖国贼的，做淫媒的，人家用得着你们的时候，是多么重用你们，可是他们会给你们些什么好处呢？为什么人家这样喜欢我们所干的事，却这样痛恨我们的行业？有什么诗句可以证明？——让我想一想！——

那采蜜的蜂儿无虑无愁，

终日在花丛里歌唱优游；

等到它一朝失去了利刺，

甘蜜和柔歌也一齐消逝。

奉告吃风月饭的朋友们，把这几句诗做你们的座右铭吧。

（下。）